STEPHAN HÄHNEL

Gift hat keine Kalorien

Mordsgeschichten

periplaneta

Gute Vorsätze

*Die meisten Menschen geben ihre Laster erst dann
auf, wenn sie ihnen Beschwerden bereiten.*
WILLIAM SOMERSET MAUGHAM

Britta König gehörte zu jenen Frauen, die das neue Jahr immer mit guten Vorsätzen beginnen. Meist ging es um allgemeine Versprechen wie Abnehmen, sich weniger Stress zumuten oder die Beziehung zu ihrem Gatten Bernd mittels Kultur zu veredeln.

Am Jahresende musste sich Britta jedoch regelmäßig eingestehen, dass sie hinter den Neujahrszielen selten ein Häkchen setzen konnte.

Für derartige Albernheiten brachte Bernd kein Verständnis auf. Befragte Britta ihn nach selbstkritischen Wahrnehmungen und daraus resultierenden Ambitionen fürs neue Jahr, lachte er nur und erwiderte: „Ich nehme mir vor, mir nichts vorzunehmen."

Das ärgerte Britta. Sicherlich, zugenommen hatten sie beide, er aber beträchtlich. Die Bereitschaft sich zu bewegen war altersbedingt rückläufig und wenn, war sie es, die zu Spaziergängen nötigte. Und was die Kultur betraf, so bot das Fernsehen nach Bernds Meinung genug Facetten, warum dann Geld fürs Kino, Theater oder Konzert ausgeben? Jeder Vorschlag wurde abgelehnt.

Es war deprimierend für Britta. Mit Mitte fünfzig hatte sich Bernd endgültig zum Couch-Potato entwickelt und all ihre Bemühungen, daran etwas zu ändern, waren gescheitert. Noch mehr ärgerte Britta sich darüber, dass sie sich von seiner Gleichgültigkeit anstecken ließ. So konnte es nicht weitergehen.

In einer Frauenzeitschrift hatte sie den guten Rat entdeckt, sich fürs kommende Jahr konkrete Dinge vorzunehmen und diese auf Monatsscheiben aufzuteilen. Außerdem gab es die Empfehlung, sich Gleichgesinnten aus der näheren Umgebung anzuschließen. Zusammen ließen sich Schwachstellen leichter aufdecken und man konnte sich, bei den angestrebten Vorsätzen gegenseitig ordentlich pushen und sich gemeinsam am Fortschritt erfreuen. Begeistert hatte Britta noch am selben Tag im Internet recherchiert und in ihrer Stadt den *Frauenpower Glückshormone e. V.* entdeckt. Sofort nahm sie Kontakt zu der Gruppe veränderungswilliger Frauen auf.

In der ersten Sitzung stellte Britta sich und ihr trauriges Umfeld, also Bernd und ihr glückloses Eheleben vor, zählte die nicht erfüllten Ziele vergangener Jahre auf und erlebte, wie Enttäuschung durch Tränen gelindert werden konnte. Ähnliche Lebensgeschichten gaben ihr das Gefühl, nicht allein zu sein. Die Gemeinschaft gleichgesinnter Powerfrauen, die miteinander ihre Erfahrungen, Kräfte und Hoffnungen teilten, half Britta, den Ursprung des Versagens zu erkennen. Das Zentrum aller negativen Energien hatte einen Namen: Bernd! Bernd König! Ihr Ehemann.

Nach mehreren Treffen vertraute Britta ihrem Kalender an, dass sie ab Januar jeden Tag mit einigen Yoga-Übungen zu beginnen gedachte. Der Sonnengruß zur Erwärmung, der Krieger zur Stärkung des Durchhaltevermögens und der Baum, um sich seelisch zu stabilisieren, sowie Bestimmtheit und Fokussierung auf ein Ziel zu verbessern. Im Februar stand ein klassisches Konzert an. London Symphony Orchestra. Sobald das Wetter im März es zuließ, gedachte sie, gemeinsam mit dem *Frauenpower Glückshormone e. V.* an einem umfangreichen Stadtspaziergang teilzunehmen. Während des großartigen Bummels legten die neuen Freundinnen ihr ein Muss für alle Veränderungswilligen ans Herz. Das Thema: tödliche Unfälle im urbanen Raum. Für April war eine Fastenkur angesetzt. Ab Anfang Mai verpflichtete sich Britta, einmal in der Woche mit dem Fahrrad zur Arbeit zu fahren. Ab Juni wollte sie mit Schwimmen im See die Cellulitis an den Oberschenkeln bekämpfen. Sechs Monate blieben ihr dann noch, den wichtigsten Vorsatz fürs laufende Jahr einzuhalten, Sofa inklusive allem, was sich an Deprimierendem darauf befand, endgültig zu entsorgen.

Ideen gab es viele und glücklicherweise konnte Britta auf den Erfahrungsschatz des *Frauenpower Glückshormone e. V.* zurückgreifen.

Die Deutschlehrerin

*Die deutsche Sprache sollte sanft und ehrfurchtsvoll
zu den toten Sprachen abgelegt werden, denn nur die
Toten haben genügend Zeit, um sie zu lernen.*

MARK TWAIN

Angeblich war der Tipp, den Bommel bekommen hatte, absolut
sicher. Die alte Dame, die in der Erdgeschosswohnung lebte, sollte
laut seinem Informanten für vierzehn Tage im Urlaub sein. Eine
Mittelmeerkreuzfahrt von Italien über Spanien bis nach Griechen-
land, Kroatien, die Türkei und Tunesien.

Für Bommel, der eigentlich Bernd Ommel hieß, waren derartige
Touren nur etwas für alte verstaubte Damen des Bildungsbürger-
tums, vorzüglich geeignet für pensionierte Lehrerinnen, insbesondere für Ruth Assmann.

Assi, wie die Deutschlehrerin hinter vorgehaltener Hand von den
Schülern seit Generationen genannt worden war, hatte ihn zwei
Jahre lang mit Orthografie und deutscher Grammatik gequält. Das
war zwar schon zwanzig Jahre her, aber dennoch ... Gerade deswe-
gen hatte er sich besonders auf den Besuch bei seiner ehemaligen
Peinigerin gefreut.

Normalerweise konnte sich Bommel auf die Informationen des
Reisebüroinhabers Rolf Hinze verlassen. Diesmal jedoch lag offensichtlich ein Missverständnis vor. Gelegenheit, darüber nachzudenken, ob die Reise der alten Dame verschoben worden war oder
ob diese aus gesundheitlichen Gründen selbige storniert hatte,
blieb ihm nicht. Nachdem er mit einigem Geschick die Balkon-
tür ausgehebelt und das Wohnzimmer betreten hatte, verspürte er
völlig unerwartet die Wirkung von fünfhunderttausend Volt, die
nicht nur seine Nackenhaare stramm stehen ließen, sondern ihn
auch vollständig bewegungsunfähig machten.

Als Bommel wieder zu sich kam, fand er sich auf einem

Küchenstuhl sitzend mit schier unendlich vielen Lagen Klebeband umwickelt. Offenbar hatte Ruth Assmann alles an Paketklebeband verwendet, was sich in ihrem Haushalt finden ließ. Der Gedanke, dass sie seit ihrer Pensionierung irgendeinen Versandhandel betrieb, schien ihm angesichts ihrer Verpackungskünste naheliegend zu sein. Jeder Versuch sich zu befreien, sorgte nur dafür, dass sich seine missliche Lage verschlimmerte. Deftig zu fluchen, vermochte er auch nicht. Quer über dem Mund klebte ein dicker Streifen Panzerband. Die Erkenntnis, dass dieser vollständig jene Barthaare bedeckte, die seit der letzten Rasur vor fünf Tagen gesprossen waren, ließen ihn wimmern.

Erst jetzt bemerkte er den Kater auf seinem Schoß, der sich von dem verzweifelten Geräusch gestört fühlte, fauchend von seinen Knien sprang und zu seinem Frauchen lief. Maunzend wählte er den Stuhl neben ihr.

Assi saß derweilen ruhig an ihrem kleinen Küchentisch und stippte einen Keks in den Kaffee. Mit der anderen Hand strich sie liebevoll über den Kopf des Katers, der sich daraufhin wieder einrollte und zufrieden schnurrte.

„So ist es gut, Platon! Du brauchst keine Angst haben. Ich pass auf dich auf." Mit ernstem Blick fixierte sie ihr Gegenüber.

„Bernd Ommel! 6c, wenn ich das richtig in Erinnerung habe. Hätte ich mir ja gleich denken können. Du warst ja schon immer ein Problemkind", bemerkte die pensionierte Lehrerin resignierend und ergänzte dann mit unverhohlener Freude: „Das hat bestimmt wehgetan, oder?"

Zur Erinnerung hob sie den Elektroschocker hoch und betätigte ihn kurz. Ein knisternder Blitz leuchtete drohend auf.

Bommels wütendes Grunzen bestätigte ihre Annahme und mit einer Mimik, die Zufriedenheit ausdrückte, legte sie das Gerät neben ihre Tasse. Genüsslich biss sie von dem aufgeweichten Keks ab, nippte an ihrem Kaffee und kraulte ihren Kater.

„Entschuldigung, aber bisher hatte ich noch nie die Gelegenheit, dieses kleine handliche Selbstverteidigungsdings auszuprobieren. Ich bin wirklich begeistert."

8

Erneut wimmerte Bommel und versuchte sich vergeblich, aus der Zwangslage zu befreien.

Ruth Assmann beobachtete eine Weile die verzweifelten Bemühungen ihres ehemaligen Schülers, mit einem Blick, der ihn zur Ruhe ermahnen sollte. Doch dieser wollte sich davon nicht beeindrucken lassen und zog weiter an seinen klebrigen Fesseln. Also betätigte die pensionierte Lehrerin den *Elektroschocker Power Paul 500* abermals. Das Knistern verscheuchte den Kater, der sich lieber einen Platz in sicherer Entfernung suchte, von dem er aber immer noch alles ausgezeichnet überblicken konnte.

Bommel erstarrte und blieb ruhig.

„Wusstest du, dass die Elektroden vergoldet sind? Angeblich hat das nicht nur den Vorteil einer enormen Leitfähigkeit, sondern es sorgt auch für eine beachtliche Stabilität der Kontakte", erklärte Assi betont langsam, damit Bommel ihren Ausführungen folgen konnte. Dann legte sie eine kurze Pause ein, deutete mit dem Gerät auf seinen Hals und sagte mit strenger Stimme: „Wenn du dich ordentlich benimmst, bin ich bereit, das Klebeband vom Mund zu entfernen. Benimmst du dich ordentlich?"

Er nickte artig. Erst dann fielen ihm seine Bartstoppeln ein. Aber bevor er einen Warnton von sich geben konnte, riss Assi das Klebeband auch schon in einem Ruck ab. Dem Geräusch, ähnlich klingend wie das Zerreißen einer Hose, folgte sein lautes Jammern.

Ungerührt setzte sich Ruth Assmann wieder auf ihren Platz, nahm den nächsten Keks und tunkte das Gebäck seelenruhig in ihren Kaffee.

„Ich werde dir ein paar Fragen stellen und du beantwortest mir diese wahrheitsgemäß. Ansonsten: Krrrrrrrrrrrrrr!" Sie kicherte albern beim Nachmachen des Elektroschockgeräuschs. „Einverstanden?"

„*Wegen mir.*"

Ruth Assmann verdrehte die Augen. „*Meinetwegen* heißt das. Wegen mir ist Umgangssprache. Was wolltest du in meiner Wohnung?"

Er zögerte. Als sich die Falten auf der Stirn seiner ehemaligen

Lehrerin zu kräuseln begannen, hielt er es für gesünder, wahrheitsgemäß zu antworten: „Das, was Diebe üblicherweise in Wohnungen machen tun."

„Machen tun ist doch kein Deutsch! Entweder machst du es oder du tust es. In deinem Fall tun, wobei *klauen* das korrekte Verb wäre", korrigierte sie Bommel und schaute ihn dabei mit prüfendem Blick streng an. Zwar tat ihr ehemaliger Schüler so, als hätte er verstanden, immerhin nickte er energisch, dennoch war sie sich sicher, dass er die Erklärung nicht begriffen hatte.

„Entschuldigung, ich wollte Sie in keinster Weise verärgern."

„Mein Gott, hast du denn überhaupt nichts in meinem Unterricht gelernt?" Enttäuscht schüttelte sie den Kopf. „Es heißt: in keiner Weise! Das ist ein absolutes Wort. Man sagt auch nicht: der toteste Einbrecher. Merk dir das endlich."

Erschrocken wiederholte Bommel mehrmals leise: „In keiner Weise, in keiner Weise, in keiner Weise." Nebenbei dachte er darüber nach, ob jemand, wenn er tödlich verletzt wurde, schon richtig tot ist oder ob er, je nach Zustand, viertel-, halb- oder dreivierteltot sein konnte. Wenn dem so war, musste doch die im Sterben liegende Person toter sein als ein anderer Sterbender. Vorsichtshalber verkniff er sich die Überlegung. Zwei Jahre Unterricht bei Assi hatten ihn gelehrt, nur zu fragen, wenn man die Antwort wusste, da sonst die Gefahr bestand, von den anderen Schülern ausgelacht zu werden.

„Wie bist du auf meine Wohnung gekommen?", unterbrach Assi seine Gedankengänge. Dabei ließ sie den Keks über der Tasse abtropfen. Schließlich sagte sie mit erhobener Stimme: „Bernd Ommel, ich warte!"

„Es ist doch gerade Ferienzeit. Ich hatte mir das mit Ihrer Wohnung einfach nur so vorgenommen gehabt. Die Chance, niemanden anzutreffen, ist doch größer, als wie wenn keine Ferien sind."

„Das halte ich nicht aus! Größer als! Nicht größer als wie. Besser noch: Die Chance, niemanden anzutreffen, ist größer, wenn keine Ferien sind. Kurze einfache Sätze! Und seit wann mischt man die Vergangenheitsformen? Präteritum, Perfekt und Plusquamperfekt.

Erste Vergangenheit, zweite Vergangenheit, vollendete Vergangenheit, du Dusseltier. Das lernt man in der dritten und vierten Klasse. Und außerdem: Ich habe fünfundvierzig Jahre Ausredenerfahrung. Ich wiederhole meine Frage: Wie bist du auf die Wohnung gekommen?"

Unter dem gestrengen Blick seiner ehemaligen Lehrerin wurde Bommel zusehends blass und spürte, wie ihm der Schweiß über das Gesicht lief. Er versuchte es mit einem verstockten starren Blick auf seine Füße. Früher hatte das geholfen, wenn er an der Tafel stand und die Antwort auf eine Frage nicht wusste. Er musste nur lange genug warten, bis Assis Geduld aufgebraucht war. Als aber erneut das elektrische Surren des Elektroschockers ihm unmissverständlich klar machte, dass er kein Schulkind mehr war, murmelte er leise: „Rolf hat mir den Tipp gegeben."

„Rolf? Rolf Hinze? Der Inhaber des Reisebüros am Marktplatz?" Ungläubig schaute sie Bommel an. „Von ihm hast du die Information, dass ich für zwei Wochen eine Kreuzfahrt gebucht hatte?"

Bommel wollte dazu etwas erklären, als aber seine einstige Lehrerin energisch den Zeigefinger über die Lippen legte, verzichtete er lieber.

„Offensichtlich hat Hinze es versäumt, dich darüber zu informieren, dass ich heute Morgen meine Reise kurzfristig wegen Platon absagen musste." Sie blickte zu ihrem Kater und zögerte einen Moment, bevor sie mit dem Verhör fortfuhr. „Raubt ihr schon lange zusammen Menschen aus, während sie ihren Urlaub genießen?"

Zwar wollte Bommel nicht auf die Frage antworten, aber als Assis Zeigefinger der rechten Hand rhythmisch auf die Tischplatte klopfte, bestätigte ein leichtes Nicken ihre Annahme.

„Und jetzt wollt ihr Ganoven mich um mein Geld erleichtern. Das kann doch wohl nicht wahr sein!"

„Das war Rolf seine Idee", rief Bommel verzweifelt. „Er meinte, Sie fahren Mittelmeer. Wäre ein absolut todsicheres Ding."

Erneut ein Aufjaulen der alten Dame, verbunden mit Haare raufen. „Rolfs Idee! Du Hirni! Das ist der Genitiv. Rolf seine Idee ist falsch. Und seit wann heißt es: Sie fahren Mittelmeer? Schon mal etwas von Präpositionen oder Verhältniswörtern gehört? Zum Mittelmeer. Auf dem Mittelmeer. Und außerdem, entweder ist etwas absolut sicher oder es ist todsicher. Absolut todsicher ist sprachlicher Blödsinn. Keine Steigerung! Verstanden?"

Bommel hatte Probleme, die Tränen zurückzuhalten, und zog unwillkürlich die Nase hoch. „Ich verspreche Ihnen, es war das einzigste Mal, dass ich bei Ihnen ..."

Bommel konnte den Satz nicht beenden, denn seine ehemalige Deutschlehrerin hatte mittels des Elektroschockers für Ruhe gesorgt. Bei so viel sprachlicher Unfähigkeit empfand sie ihre Reaktion quasi als Notwehr. Allerdings hatte sie in ihrer Verzweiflung länger, als die vom Hersteller empfohlenen drei Sekunden auf den Knopf gedrückt, mit dem Resultat, dass nur noch ein leichtes Röcheln aus Bommels Mund drang. Die nächsten Minuten würde er keine Antworten mehr geben können.

Nachdenklich ließ sich Ruth Assmann seine Informationen durch den Kopf gehen. Eine Mittelmeerkreuzfahrt hatte schon immer zu ihren Träumen gehört. Palma de Mallorca, Neapel, Rom, Florenz, Marseille, Barcelona und wieder zurück nach Palma. Sie seufzte bei dem Gedanken. Seit Monaten hatte sie alles bis ins Kleinste geplant, die Koffer waren gepackt, ihre Schwester wollte sich in ihrer Abwesenheit um Platon kümmern. Unglücklicherweise kam gestern Abend die Nachricht, dass sie eine Sommergrippe bekommen hatte, im Bett bleiben musste und unmöglich den Kater hüten konnte. Glücklicherweise hatte Ruth Assmann zusätzlich eine Rücktrittsversicherung gebucht, und der Verlust belief sich in einem ärgerlichen, wenn auch überschaubaren Umfang. Rolf Hinze war zwar nicht begeistert gewesen, hatte aber zugesagt, alles dafür zu tun, die Reise noch kurzfristig zu verkaufen.

Angelockt von der Stille sprang Platon wieder auf den leeren Stuhl neben ihr. Ruth Assmann betrachtete ihn nachdenklich. Ihr Blick wanderte zwischen Bommel und der Küchenuhr hin und her. Morgen um zehn Uhr sollte sie an Bord des Kreuzfahrtschiffes gehen. Für den Flug nach Palma fand in diesem Moment das Boarding statt. Bedauernd seufzte sie und streichelte Platons Rücken, der genüsslich schnurrte. Plötzlich verharrte sie in der Bewegung.

„Es würde auch reichen, wenn ich in Neapel an Bord gehe", dachte sie laut. „Palma de Mallorca kann ich mir am Ende der Reise immer noch anschauen." Von dem Gedanken inspiriert, holte sie sich einen Block und einen Stift. Eine Sekunde lang überlegte sie, ob sie den Text Bommel diktieren oder ihn besser selbst aufschreiben sollte. Obwohl er langsam wieder zur Besinnung zu kommen schien, graute es ihr vor seinem orthografischen Unvermögen und sie entschied, eigenhändig aktiv zu werden. Konzentriert begann sie mit den ersten Zeilen.

Bommels Blick klärte sich inzwischen langsam auf. Sah man einmal von einzelnen Lachanfällen ab, die minütlich einsetzten und genauso schnell aufhörten, wie sie begonnen hatten, ging es ihm gut. Seit geraumer Zeit krabbelte ihm die Nase und da seine Hände gefesselt waren, zog er alberne Fratzen, was allerdings nichts half.

„Wir machen Folgendes", bestimmte die alte Lehrerin und räusperte sich dabei. „Du unterschreibst das Geständnis mit allen Details. Anschließend rufst du deinen Kumpan an."

Das Reisebüro Hinze ließ sich nicht lumpen. Den Flug nach Neapel genoss Ruth Assmann First Class. Ihre ursprüngliche Buchung einer Innenkabine bekam kostenlos ein Upgrade: Außenkabine mit Balkon. Rolf Hinze gewährte ihr sogar für die vierzehn Tage ein tägliches Taschengeld – oder besser gesagt Schweigegeld. Nur ein wenig Sorgen machte sich Ruth Assmann über Bommel und Platon, ob die beiden sich auf Dauer verstehen würden. Zwar bescheinigte sie ihrem ehemaligen Schüler nur bedingt sprachliche Kompetenz, aber für einen Kater sollte der Wortschatz reichen.

Glücklicherweise war ihr eingefallen, dass Bommel in den Sommerferien einmal ein Praktikum als Tierpfleger gemacht und dabei eine lobende Erwähnung erhalten hatte. Erstaunlicherweise hatte der ehemalige Schüler ihr Angebot, ihn nicht bei der Polizei anzuschwärzen, wenn er sich in ihrer Abwesenheit um den Kater ordentlich kümmern würde, sofort verstanden.

Sie konnte die Reise genießen und pädagogisch gesehen, war die kleine Erpressung für die Entwicklung des Problemkindes durchaus hilfreich.

Ein letzter Scherz

*Der Tod lächelt uns alle an, das Einzige, was
man machen kann, ist zurücklächeln!*

Marcus Aurelius

Die Ehemaligen der Klasse 6a der Heinrich Heine Grundschule
trafen sich in der Vorhalle des einstigen Herrenhauses, das zu jener
Zeit, als sie Schüler gewesen waren, als Mensa gedient hatte. Der
Speisesaal war verschlossen. Aber glaubte man der Einladung, verbarg sich dahinter eine gewaltige Überraschung.

Die Penne, wie die geladenen Gäste die Schule abwertend
genannt hatten, war schon vor Jahren wegen erheblicher Bau-
mängel abgerissen worden. Der entstandene Parkplatz ermöglichte es allen, direkt vor der alten Mensa zu parken. Das klassi-
zistische Gebäude hatte seine beste Zeit hinter sich und benötigte
eine umfassende Sanierung, aber darauf achtete niemand der
Ehemaligen.

Die Vorhalle war festlich geschmückt und empfing an diesem
Abend alle Gäste überaus freundlich. Farbenfrohe Blumenbuketts
und sprudelnde Sektgläser standen auf den Tischen hinter dem
Eingang. Gebäck zum Knabbern wartete darauf, vernascht zu werden. Noch waren die Türen des Hauptsaals geschlossen, der Überraschung wegen.

Alle waren gekommen, jedenfalls alle, die Heiko Möller als wichtig erachtete. Insgesamt siebzehn Mitschüler, die sich mit Freude
und Erstaunen über die jeweiligen Veränderungen der anderen in
den letzten zwanzig Jahren lustig machten. Haare waren dünner
geworden, Bäuche voluminöser, Schichten von Schminke kaschierten den Verlust jugendlicher Unbekümmertheit. Auch die Kleidung, die früher eher dazu diente sich von Eltern, kleinbürgerli-
chen Erfolgsmenschen und lehrendem Personal zu unterscheiden,
war seriöser geworden und teurer Markengarderobe gewichen.

Nach der ersten Freude der Begrüßung wurde mit Erstaunen geäußert, dass überhaupt ein derartiges Treffen stattfand, zumal der Organisator nicht gerade gute Erinnerungen an die Schulzeit haben durfte. Genau genommen waren auf seine Kosten üble Streiche gespielt worden, die, so sah man es heute, unter den Begriff Mobbing fallen würden.

Heiko Möller hatte in der Einladung freundlich mitgeteilt, dass er eine beträchtliche Summe im Lotto gewonnen habe, und er es ausgesprochen begrüßen würde, nach so vielen Jahren seine Mitschüler wieder treffen zu können. Er habe keine Kosten und Mühen gescheut, um einen grandiosen Wiedersehensabend zu ermöglichen. Es werde um unbedingte Pünktlichkeit gebeten.

Wer sich für Heiko den Spitznamen Stinko ausgedacht hatte, wusste niemand der Anwesenden mehr, aber an den Grund erinnerten sich alle: die abgetragene einfache Kleidung und die damit unterstellte fehlende Reinlichkeit. Außerdem war er fett, schwitzte und lispelte. Das perfekte Opfer, wie man damals fand.

Etwas peinlich berührt schauten sich die ehemaligen Mitschüler an, freuten sich aber auf das versprochene kostenlose Menü, die freien Getränke und die Zeit, in der man in Erinnerungen schwelgen konnte. Kurzzeitig wunderten sich einige, dass ihr Gastgeber noch nicht anwesend war, andererseits ersparte es unangenehme Momente. Entschuldigungen wären angebracht gewesen. Aber auf derartige Peinlichkeiten verzichtete jeder gerne.

Die ehemals Schönen der Klasse, die sich noch immer unwiderstehlich fanden, prosteten sich mit Prosecco zu. Das Gebäck wurde schnell dezimiert. Die Mitschüler der 6a standen in Grüppchen beisammen, tauschten Lebensläufe aus und erzählten Episoden aus der Schulzeit.

Tobias, den alle nur Tobi nannten, bemerkte leise: „Erinnert ihr euch, wie wir Stinko nur mit seinem Schlüpfer bekleidet an die Schulpforte gebunden haben?" Einige kicherten, andere deuteten mimisch an, dass sie derartige Späße heute nicht mehr gutheißen würden.

„Einmal haben wir ihn Regenwürmer futtern lassen", ergänzte

Marcus, damals das uneingeschränkte Alphatier der Klasse und scheinbar noch immer amüsiert über seine Idee. „Die Ankündigung, wenn er sich weigere, gebe es ein paar warme Ohren, hat den Vielfraß von dem leckeren Wurmburger überzeugt." Wieder Lachen, diesmal schon weniger gehemmt.

„Die fieseste Aktion war die mit dem Abführmittel und den verschlossenen Toilettentüren. Da hat Stinko seinem Namen alle Ehre gemacht", rief Regina in die Runde und warf Marcus einen schmachtenden Blick zu, der aber auch nach all den Jahren kein Interesse an ihr zu haben schien.

Die Stimmung auf dem Wiedersehenstreffen wurde von Minute zu Minute besser. Sich der vergangenen Gemeinheiten zu erinnern, sorgte für Ausgelassenheit.

Keiner der geladenen Gäste bekam daher mit, dass sich die schweren Eingangstüren der Mensa wie von Geisterhand schlossen. Gleichzeitig fingen plötzlich alle Handys der Anwesenden an zu klingeln oder zu vibrieren. Erstaunt schauten alle auf ihre Displays.

„Liebe Freunde, die Party kann beginnen! Ihr glaubt gar nicht, wie sehr ich mich freue, dass ihr meiner Einladung gefolgt seid. Wisst ihr noch, wie ich damals stundenlang für unseren letzten Tag an der Grundschule ohne ein Hilfsmittel Luftballons aufgepustet habe, um das gesamte Lehrerzimmer damit zu füllen? Ich war der irrigen Annahme, ihr würdet zum Schluss doch akzeptieren, wie ich bin. Hunderte von Ballons waren das, vielleicht sogar mehr als tausend. Ich hätte es wissen müssen. Es war nur eine weitere eurer gemeinen Ideen. Nach getaner Arbeit sollte ich mich im Schrank verstecken, damit mich niemand entdeckt. Ich sollte warten, bis die Luft wieder rein war. Ihr wolltet mir Bescheid sagen. Stattdessen hat einer von euch den Schlüssel herumgedreht. Während ihr euch über das Chaos amüsiert und über den fetten Idioten lustig gemacht habt, saß ich in dem Schrank eingesperrt. Fast sechzehn Stunden! Keiner hat sich die Mühe gemacht, mich wieder herauszulassen. Ich habe jahrelang psychologische Hilfe benötigt, um die Angst vor verschlossenen Räumen zu beherrschen. Erinnert ihr euch daran?"

Unruhe kam auf, einige blickten sich hektisch um und liefen zur

Tür. Doch dann kam erneut eine Nachricht von Heiko.

„Sind euch die Gitter vor den Fenstern aufgefallen? Selbst mit vereinten Kräften lassen sie sich weder verbiegen noch herausreißen. Und versucht erst gar nicht, die Eingangstür zum Parkplatz zu öffnen. Sie besteht aus Eiche, vier Zentimeter dick und die automatischen Scharniere erfüllen höchste Sicherheitsanforderungen.“

Verunsichert und erstaunt schauten sich die ehemaligen Mitschüler der Heinrich Heine Grundschule an. Tobi rüttelte prüfend an den schweren Eichentüren, ohne einen Erfolg zu erzielen.

Wie auf Knopfdruck öffneten sich die beiden Türen zum alten Speisesaal. Der war bis zur Decke mit bunten Luftballons gefüllt, ein paar rollten über das Parkett auf die Anwesenden zu. Einige aus der ehemaligen 6a lachten. Es war ein unsicheres und gezwungenes Gelächter.

„Was soll das?“, fragte Marcus, unter dessen Quälerei Heiko am meisten gelitten hatte. „Dreht Stinko jetzt komplett durch?“

Wütend zertrat er einen Ballon. Dann stutzte er. „Riecht ihr das?“

Nasen wurden gerümpft. Einige fächerten sich Luft zu.

„Das ist Gas! Butan oder Propan“, stellte Regina verwundert fest.

Entsetzt schauten die ehemaligen Mitschüler auf hunderte Ballons, vielleicht waren es sogar mehr als tausend. Erneut meldeten sich ihre Smartphone. Ein fetter Smiley lächelte freundlich und zählte die Sekunden herunter ...

Lebensmüde

Ausdauer wird früher oder später belohnt
– meistens aber später.

WILHELM BUSCH

Gustav Maier war im wahrsten Sinne des Wortes lebensmüde. Am Silvesterabend vor zwei Jahren hatte er Resümee gezogen und seine Existenz als Irrtum der Natur erkannt. Ein freudloses, einsames Leben ohne Freunde, Partnerin oder Ambitionen. Gäbe es die Gruppe der Dahinvegetierer, er wäre dieser zugeordnet. Da es sie nicht gab, wurde er von den Kollegen zwar als freundlich aber langweilig klassifiziert. Seit seiner Schulzeit hatte sich an derartigen Einschätzungen nichts geändert. An jenem Silvesterabend hatte Gustav Maier daher beschlossen, seinem öden Dasein ein Ende zu setzen.

Allerdings versagte ihm Gevatter Tod den Handschlag. Offensichtlich war dieser nicht gewillt, sich von einem einfachen Materialdisponenten eines wenig bekannten Baumarktes vorschreiben zu lassen, wie und wann er seiner Tätigkeit nachzugehen habe. Es gab Wartelisten für Suizidwillige, aber auf keiner stand der Name Gustav Maier. Egal was der Materialdisponent tat, zu Tode kam er nicht.

Dabei hatte er sich echt bemüht seinen Vorsatz einzuhalten. Schon am ersten Arbeitstag im neuen Jahr hatte Maier eine Lieferung Nagelpistolen auf ihre Funktionsfähigkeit geprüft. Wie in der Bedienungsanleitung beschrieben, hatte er die Stiftnagelaustrittsöffnung waagerecht an seine Schläfe aufgesetzt und abgedrückt. Keines der Geräte funktionierte. Die Lieferung wurde vollständig reklamiert.

Wochenlang hatte Maier erfolglos versucht, die meistbefahrene Schnellstraße auf dem Weg zur Arbeit mit geschlossenen Augen zu überqueren. Statt eines finalen Aufpralls war sein Körper nur mit einer saftigen Ohrfeige und einem Tritt ins Gesäß konfrontiert worden.

Alle Stricke waren gerissen. Das Gas seines Herdes wurde wegen Bauarbeiten monatelang abgedreht. Der Versuch, sich mittels eines selbst konstruierten elektrischen Stuhls zu eliminieren, führte nur zu einem beträchtlichen Kurzschluss und erheblichen Kosten. Die gesamte Verkabelung der Wohnung musste daraufhin ausgetauscht werden. Ein Giftcocktail hatte seine einschläfernde Wirkung verloren, weil die zusammengemischten Chemikalien sich gegenseitig neutralisierten und lediglich zu einer wirkungsvollen Darmreinigung führten.

In seiner Verzweiflung sprang Gustav Maier sogar aus dem siebten Stock eines Hochhauses. Statt zerschmetterter Gliedmaßen, eines zertrümmerten Kopfes oder Funktionsausfall wichtiger Organe zog er sich lediglich ein paar Kratzer zu. Ungeschickterweise war er in den Büschen des Vorgartens gelandet, die den Aufprall wirkungsvoll abgefedert hatten.

Der Versuch, in einer frostigen Nacht im nahegelegenen See seinem Leben ein Ende zu setzen, misslang. Es löste am folgenden Morgen nur eine größere Rettungsaktion der Feuerwehr aus. Eine Woche lang diskutierten Wissenschaftler, wie es sein konnte, dass ein Körper unter derart widrigen Bedingungen so lange unbeschadet zu überdauern vermochte. Einige meinten, eine genetische Besonderheit würde bei Schockeinwirkung so etwas wie Frostschutzmittel in den Blutkreislauf pumpen. Andere hielten ihn schlicht für einen Lügner.

Maier gab nicht auf. Es konnte doch nicht so schwer sein, Selbstmord zu begehen. Eine für teures Geld erworbene Pistole auf dem Schwarzmarkt stellte sich als Replik heraus und versagte das Abfeuern eines herzzermatschenden Profils.

Mit Grausen erinnerte er sich an den Versuch, sich mittels eines bezahlten Profikillers aus dem Leben zu verabschieden. Dummerweise verwechselte der Idiot seine Wohnungstür mit der des Nachbarn und erdrosselte einen alten freundlichen Herrn erfolgreich mit einem Kabelbinder.

Egal was Gustav Maier tat, er kam nicht zu Tode. Nächtelang saß er vor dem Computer und studierte Todesanleitungen im Internet. Einschlägige Foren versorgten ihn mit gut gemeinten, aber oft auch abstrusen Vorschlägen, die wenig praktikabel waren. Einer schlug vor, zum zweijährigen Jubiläum des Suizidbeschlusses, den Kopf mittels eines speziell gebastelten Kragens aus Polenböllern ins Jenseits zu befördern. Quasi die ultimative Verabschiedung des vergangenen Jahres und die Erfüllung des wichtigsten Vorsatzes im beginnenden. Maier verwarf den Vorschlag. Auch wenn er keine großen Ansprüche hatte, aber zumindest wollte er als Ganzes beerdigt werden.

Schließlich las er einen Artikel, der sich mit dem Phänomen zunehmender Morddrohungen gegen unliebsame Mitmenschen beschäftigte. Einige dieser Menschen, die sich in sozialen Medien engagiert zu verschiedenen Themen geäußert hatten, bedurften des Polizeischutzes. Zuweilen wurden sogar Psychopathen oder Fanatiker in letzter Sekunde festgenommen und damit Schlimmeres verhindert. Maier erkannte sofort das Potenzial einer solchen Verfahrensweise. Auf einen polizeilichen Schutz würde er verzichten, Türen nicht abschließen, Vorhänge offenlassen und statt sich bedeckt zu halten, minutiös einen öffentlich einsehbaren Kalender führen, der genau Auskunft darüber gab, wann und wo er sich befinden würde. Er war sich sicher, man musste nur in den richtigen Foren das Falsche sagen, um einen nach Gewalt gierenden, politisch oder religiös motivierten Hass zu provozieren.

Auf der Website *Linksaußen for you* schrieb er, dass er am liebsten Umerziehungslager wieder eröffnen würde, um das ganze Antifa-Gesocks verstummen zu lassen. Auf der rechten Hetzseite *Adolfs Enkel* plädierte er für die bedingungslose Aufnahme fluchtwilliger Menschen zur genetischen Auffrischung des deutschen Volkskörpers.

Er betrieb wortreich Blasphemie in jede erdenkliche Glaubensrichtung und postete im Stundentakt Ungeheuerlichkeiten gegen die jeweilige Gottheit. Von der Gruppe religiöser Fanatiker versprach er sich am ehesten Unterstützung. Sicherheitshalber outete

er sich auf feministischen Blocks als bekennenden Maskulinis-
ten und propagierte eine naturbedingte männliche Überlegenheit. Auf Regenbogenseiten verfasste er homophobe Beiträge,
die sich zusammengefasst mit den Begriffen *abartig und wider die
Natur* assoziieren ließen. In Foren für Hunde- und Katzenfreunde
machte er Werbung für kulinarische Gerichte: Dackelgeschnetzel-
tes mit Wildreis, Doppelt gebackene Siamkatze mit Rosmarinkar-
toffeln oder Perserklopse mit Kreuzkümmel.

Sicherheitshalber wandte er sich noch den Fans diverser Fußball-
vereine zu, um sie wissen zu lassen, dass sie Luschen seien und ihre
Mannschaft einer Ansammlung von Hirnamputierten glich. Einen
Moment lang überlegte er, ob er Universitäten, die sich mit der
Pseudowissenschaft Gender Studies beschäftigten, vorschlagen
sollte, die Bezeichnungen *Vergewaltiger und Vergewaltigerin* durch
den Sammelbegriff *Vergewaltiga oder Vergewaltix* zu ersetzen. Bei
der Abwägung der Frage, ob das für sein Ziel, der zeitnahen Selbst-
ermordung hilfreich sei, kam er zu dem Ergebnis, dass höchstens
ein keifender Shitstorm zu erwarten war. Also nahm er Abstand
davon.

Zwei Monate später stellte er fest, dass alle Bemühungen erfolglos waren. Ob das an der zunehmenden Gleichgültigkeit der
Gesellschaft lag, an einer Ausweitung des Begriffs Toleranz oder
niemanden seine Meinung interessierte, vermochte Maier nicht
einzuschätzen. Selbst schlichte Morddrohungen blieben aus und
die erhofften Begegnungen mit radikalisierten Gruppen fanden
nicht statt. Nur aus dem Forum der Hunde- und Katzenfreunde
waren vereinzelt Anfragen eingegangen, die sich höflich nach dem
Erscheinungstermin des Kochbuches erkundigten.

Gustav Maier fand sich mit seinem Schicksal ab, erledigte den
Job als Materialdisponent gewissenhaft und lebte so vor sich hin.

Am letzten Arbeitstag des Jahres entdeckte er auf dem Laufband
am Ende der Kasse ein vergessenes Portemonnaie. Neugierig öffnete er es. Es gehörte einer Frau mit einem ausgesprochen sympa-
thischen Lächeln. Sie musste es gerade erst liegengelassen haben.

Schnellen Schrittes begab sich Gustav Maier auf den Parkplatz, entdeckte einen alten VW-Polo und die Frau, wie sie schwere Farbeimer einlud. Freundlich sprach er sie auf den Verlust an, reichte ihr das Portemonnaie und wurde dabei von ihrem Finger leicht berührt. Gustav Maier verspürte einen Schauer, wie er ihn noch nie in seinem Leben verspürt hatte. Auch die Frau lächelte ihn charmant an. Ihr Blick traf sich mit seinem und in diesem Moment wusste er, dass sich sein Leben ändern würde.

Höflich half er, die restlichen Farbeimer einzuladen. Sie redeten ein wenig miteinander über Belanglosigkeiten und lachten dabei. Die Frau stieg ein. Er schloss die Wagentür. Sie kurbelte das Fenster herunter. „Ich würde Sie gerne wiedersehen", sagte sie und hielt ihm ihre Visitenkarte hin. „Vielleicht gehen wir zusammen essen."

Maier nickte. „Das wäre wirklich sehr schön."

Es knarrte ein wenig, als sie den Gang einlegte. Holpernd sprang das Auto ein Stück vorwärts. Ihre Hände hantierten schnell und ungeschickt am Lenkrad. Offensichtlich war sie noch nicht allzu lange im Besitz des Führerscheins. Maier war das egal. Er betrachtete nur die schmalen Finger. Einer davon hatte ihn berührt. Für ihn waren es die schönsten ungeschickten Hände, denen er bisher begegnet war. Zum ersten Mal seit Jahren blickte er mit Freude in seine Zukunft. Wie das Leben so spielt, dachte er und schaute auf den Boden. Ein einzelner Cent lag auf dem Asphalt. Erfreut bückte er sich danach.

Die Frau, die doppelt aufgeregt war, zum einen, weil ihr Fahrpraxis fehlte und zum anderen, weil der Zufall sie mit einem interessanten Mann bekanntgemacht hatte, schaute kurz in den Rückspiegel. Da alles frei zu sein schien, setze sie schwungvoll zurück.

„Ups, da hast du wohl den Bordstein übersehen", bemerkte sie amüsiert und fuhr dann beschwingt vom Parkplatz.

Gevatter Tod nickte zufrieden, machte einen Haken hinter den Namen Gustav Maier und war erleichtert, dass er endlich diesen Wunsch hatte erfüllen können.

Richtiges Einparken

Das Auge macht das Bild, nicht die Kamera.

Gisèle Freund

Einparken würde Marion Senner nie als ihre Stärke bezeichnen. Ihr Mann Dieter zog sie bei jeder Gelegenheit damit auf. Entweder sie stand zu weit vom Bordstein entfernt oder zu dicht am hinter ihr parkenden Wagen. Es beleidigte sein ästhetisches Empfinden, wenn sie zu schräg im Parkbereich stand, oder sie brauchte endlos viele Versuche, bis die richtige Position eingenommen war. Regelmäßig musste sie die Polizei rufen, weil sie ein anderes Fahrzeug tuschiert hatte.

Aber am schlimmsten schien für Marion das Einparken in die eigene Garage zu sein. Jedes Mal gab es Streit, Vorwürfe und Belehrungen, zuweilen Tränen. Statt den Wagen selbst einzuparken, bestand Dieter darauf, dass Marion den Wagen so oft hin und her bewegte, bis er perfekt stand. Den Nachbarn entgingen die ewigen Nörgeleien ihres Mannes nicht. Es gab eben Menschen, die konnten nicht einparken. Warum er es nicht einsah, war allen unverständlich.

Am heutigen Sonntagmorgen, die Sonne war gerade aufgegangen und hinter den anderen Fenstern genoss man noch das Traumland, rollte der Wagen langsam, aber in einem Zug in die Garage. Er stand perfekt. Links und rechts millimetergenau der gleiche Abstand. Keine zehn Zentimeter lagen zwischen der vorderen Stoßstange und der Stirnwand. Selbst wenn Marion den Kofferraum öffnete, strich die Klappe sanft am hochgefahrenen Metalltor vorbei und berührte nicht einmal den Streifen Filz, den ihr Mann zum Schutz gegen Lackkratzer an die Decke geklebt hatte. Sie war sich sicher, ihr Dieter wäre stolz auf sie gewesen. Da er aber tief im Boden der zukünftigen Parkfläche des neuen Baumarktes seine letzte Ruhe gefunden hatte, vermochte er ihre Leistung nicht mehr zu würdigen. Marion nahm den Spaten und die fast aufgebrauchte Flasche Wasser heraus. Dann ließ sie die Klappe wieder leise ins Schloss fallen. Sie würde sich noch ein, vielleicht zwei Stündchen hinlegen und ein wenig schlafen. Erst dann gedachte sie, die Polizei zu rufen und den Verlust ihres geliebten Gatten zu melden.

Offiziell hieß es, Dieter Senner sei auf dem Weg zum Bäcker spurlos verschwunden. Über das Motiv dieses sonderbaren Verhaltens wurde lange in den Amtsstuben gegrübelt. Warum er nicht wie jeden Sonntag mit seinem Wagen zum Brötchen holen gefahren war, stellte die ermittelnden Beamten vor ein unlösbares Rätsel. Dass die Ehefrau das Anwesen in den letzten Stunden mit dem Auto verlassen hatte, schlossen sie kategorisch aus, denn einparken gehörte nun wirklich nicht zu Marions Stärken.

Beste Freundinnen

Die Männer mögen das Feuer entdeckt haben. Aber
die Frauen wissen besser, wie man damit spielt.

SARAH JESSICA PARKER

ER: Schatz! Ich schwöre, ich war nicht in unserer Wohnung.

SIE: Alexa! Gab es heute Vormittag Aktivitäten?

ALEXA: Das Licht wurde um 11:17 Uhr für siebenunddreißig Minuten im Schlafzimmer eingeschaltet. Die Heizung wurde auf 21 Grad Celsius eingestellt. Die Einkaufsliste wurde um eine Flasche Prosecco ergänzt. Für den Zeitraum existiert ein Audiofile. Soll ich ihn abrufen?

SIE: Alexa! Nicht nötig.

ER: Woher hast du die Waffe?

SIE: Alexa! Schalte dich aus.

ALEXA: Ich schalte mich aus, Süße! Bring es zu Ende! Der Kerl hat es nicht anders verdient!

Gift hat keine Kalorien

Die Fantasie des Mannes ist die beste Waffe der Frau.

SOPHIA LOREN

„Vierzig", flüsterte Heike Stegner ungläubig ihrem Spiegelbild zu. Beide betrachteten sich kritisch. Sie stand nackt vor dem Schlafzimmerschrank, zog erfolglos den Bauch ein, drehte sich seitlich und zog die Stirn kraus. Sie kam nicht umhin festzustellen, dass sie der Venus von Willendorf, jener archaischen Urmutterfigur, glich, deren voluminöse Formen angeblich Männer vor dreißigtausend Jahren um den Verstand gebracht haben soll. Heike gefiel nicht, was sie sah. Selbst in Zeiten gehypter Plus-Size-Models und der Beschwörung − *Dick ist schick und Fett ist nett* − betrachtete sie ihren Körper mit Kopfschütteln. Mit den Jahren waren die Kilos gekommen, zu viele davon und sie waren geblieben. Heute war ihr vierzigster Geburtstag, der Tag, von dem Freundinnen behaupteten, er berechtige zur Mitgliedschaft im Klub der alten Schachteln.

Ungewöhnlich früh war sie an diesem Morgen aufgewacht. Ob der Grund ein Traum oder ein unbekanntes Geräusch gewesen war, wusste sie nicht. Der Gedanke, mit dem heutigen Tag vier Lebensjahrzehnte auf der Habenseite zu wissen, löste bei ihr das dringende Bedürfnis eines kritischen Resümees aus.

Jan, ihr Ehemann, befand sich im Traumland und machte dabei schniefende Geräusche. Glücklicherweise lag er nicht auf dem Rücken, denn dann wären diese nicht nur lauter, sondern auch deutlich tiefer gewesen.

In der vergangenen Nacht hatte Heike sich zärtlich an ihn gekuschelt mit dem Ziel, ihn zu verführen. „So jung kriegst du mich nie wieder", hatte sie animalisch geraunt und ein bisschen an seinem Ohrläppchen geknabbert. Und was machte der Dussel? Drehte sich um und murmelte etwas von: „Ist doch erst Freitag, anstrengende Woche und du weißt doch, ich liebe dich, wie du bist."

Enttäuscht hatte sich Heike zurück auf ihre Seite gewälzt und war erst spät eingeschlafen. Dass ihr Mann beruflich viel um die Ohren hatte, wenig Zeit und mit dieser streng haushalten musste, war ihr bekannt. Dass er neuerdings auch für eheliche Verpflichtungen Termine vergab, ärgerte sie ungemein. Früher hatte er sich zuweilen in der Mittagspause heimlich aus dem Büro geschlichen, nur damit beide ein Viertelstündchen sinnlich übereinander herfallen konnten. Gut, das war zehn Jahre her und sie keine zwölf Monate verheiratet. Dennoch, ein bisschen mehr Knistern wäre schon schön, dachte Heike.

„Ich liebe dich, wie du bist", hatte Jan müde gemurmelt und sich umgedreht. Das klang, als würde er sagen: „Ich esse das, was auf den Teller kommt" oder „Was sein muss, muss sein."

Erneut betrachtete Heike sich im Spiegel. „Dir ist es also egal, wie ich aussehe", flüsterte sie in Richtung des Bettes. Gleichzeitig prüfte sie mit beiden Händen die Beschaffenheit ihres Bauches, des Hinterns, der Schenkel und der Brüste. Abgesehen von Letzteren, die sie als prachtvoll empfand, war sie mit dem Rest unzufrieden. Kein Wunder, dass Jan sie nicht begehrte.

In diesem Moment beschloss Heike abzunehmen. Diesmal würde ihr Wille stärker sein, als der genussfreudige Schweinehund in ihrem Inneren.

Jan hatte vor einem Jahr ebenfalls zu viel mit sich herumgeschleppt, hatte dem Zeiger der Waage gegenüber täglich seinen Unmut geäußert, um dann regelmäßig den Angriff auf die Pfunde, auf den kommenden Montag zu verschieben. Zu sehr liebte er Heikes Kochkünste und vor allem ihre fantastischen Kuchen. Ein ums andere Mal scheiterte der Plan an ihren köstlichen Argumenten bis zu jenem denkwürdigen Sonntagnachmittag. Heike sah noch heute die Situation in ihren Gedanken vor sich. Jan saß mit der Kuchengabel in der Hand am Küchentisch und betrachtete ihr kalorienlastiges Meisterwerk, für das sie einen ganzen Vormittag gebraucht hatte, Schokoladentorte mit

Pflaumen-Mascarpone-Creme. Plötzlich schüttelte er energisch den Kopf. Abrupt stellte er den Teller zurück auf den Tisch. Mit einem Nachdruck in der Stimme, den sie so nicht von ihm kannte, erklärte er, mit derartigen Kalorienbomben sei mit sofortiger Wirkung Schluss.

Fortan führte Jan einen Kampf gegen die Fettpolster, ziemlich erfolgreich, wie Heike zugeben musste. Von Stund an verzichtete er auf ihre leckeren Kreationen. Schlimmer noch, er ging dreimal die Woche ins Fitnesscenter. Seitdem hatte er beachtliche achtzehn Kilo abgespeckt. Zwar glich Jan noch immer nicht einem Adonis, aber einige Partien seines Körpers fassten sich inzwischen richtig gut an, griffig, wie sie das nannte. Der Druck, auch an ihren Formen zu arbeiten, nahm täglich zu.

Die Vorstellung, an martialischen Maschinen ihren Körper in Form zu bringen, ließ Heike schaudern. Abgesehen von der physischen Tortur würde sie sich ständig mit anderen Frauen vergleichen. Von fremden Männern nicht wahrgenommen oder gar mit Abscheu betrachtet zu werden, konnte sie nicht ertragen. Das war nicht ihr Weg. Dann schon eher auf die geliebte Wochenendtorte verzichten. Vernunft, Ernährungswissenschaft und ein ordentliches Maß Selbstkasteiung würden sie garantiert auch ans Ziel bringen. Jetzt, mit vierzig, war sie innerlich bereit dazu.

Bisher hatte Heike den Beschluss abzunehmen immer sofort umgesetzt, die Menge reduziert, sie durch Gesundes ersetzt oder auf eine Mahlzeit verzichtet. Es gab keine Diät, die sie in den vergangenen Jahren nicht ausprobiert hatte. Alle Vorschläge einschlägiger Frauenzeitschriften hatte sie, genau wie die Erfolgsdiäten der Hollywood-Stars, als für ihr Adipositasproblem ungeeignet, verworfen. Die Empfehlung einer Freundin, sich mit Babykost zu disziplinieren, war genauso gescheitert wie das angebliche Erfolgsrezept, an gefrorenen Früchten zu lutschen, bis einem der Hunger vergangen sei. Eine Diät nach Farbe oder Mondkonstellation brachte ebenso wenig wie im Dunkeln speisen, Pfunde wegheten oder wochenlang Knoblauchtee trinken. Letzteres war schon allein der Ausdünstungen wegen abzulehnen. Selbst so absurde

Ideen, mit einer Bier-Bockwurst- oder Schokoladendiät eine passable Bikinifigur zu erzwingen, geschweige denn, sich wie ein Steinzeitmensch zu ernähren, brachten nicht die erwünschte Wirkung. Kein Reduktionsversprechen hielt, was es versprach. Nicht eine der Schlankheitskuren war langfristig wirklich nachhaltig. Anfänglicher Euphorie folgte stets die Ernüchterung. Unter Freundinnen hatte sie in Anspielung auf den hinterhältigen Effekt einmal geäußert: „Mein zweiter Name ist Jo-Jo. Heike Jo-Jo Stegner."

Resignierend wendete sie sich von ihrem Spiegelbild ab, und da mit Schlaf nicht mehr zu rechnen war, beschloss sie, die Zeit bis zum Frühstück sinnvoll zu nutzen. Sie zog ihren Morgenmantel an und begab sich ins Bad. Lustlos sortierte sie die Wäsche und ärgerte sich über die Gleichgültigkeit ihres Mannes, der seine Hose wie immer, ohne sie auf links zu drehen, in die Wäsche gelegt hatte. Was derartige Dinge anging, war Jan bequem oder zumindest unaufmerksam. Dass damit das Gewebe geschont wurde, schienen männliche Hirne nicht zu begreifen. Ungehalten kehrte Heike das Innere nach außen, wobei sie routinemäßig die Taschen auf vergessene Münzen, Schlüssel oder Zellstofftaschentücher durchsuchte. Statt des üblichen Krams fand sie eine Rechnung. Neugierig faltete sie den Beleg auseinander und studierte die einzelnen Positionen:

Push-up-Corsage – dunkelrot ‚Paola' von LASCANA.
Melrose Balconnet-BH – schwarz.
Strapsstrümpfe – Elfenbein von di Lorenzo.

Heike stutzte. Dass Jan ihr zum Geburtstag sinnliche Unterwäsche schenken wollte, hätte sie rigoros ausgeschlossen. Und dann auch noch etwas derart Frivoles. Gut, bei der Farbabstimmung hätte sie sich ein wenig mehr Geschmack gewünscht. Aber egal, diesmal würde sie sich Kritik verkneifen. Wichtiger war, seine Idee könnte ihrer Beziehung einen neuen Kick verleihen. Wenn es ihm half, warum denn nicht?

Sie atmete schneller bei der Vorstellung, wie sie lasziv an der Schlafzimmertür stehen würde, auf einem Bein balancierend, das andere leicht angewinkelt und sich dabei sinnlich die Lippen leckend. Dann ein leichtes Schnurren, das mit einem animalischen Seufzer enden und in ein lustvolles: „Jan, nimm mich!", übergehen würde. Erregt studierte Heike erneut den Kaufbeleg. Plötzlich erstarrten ihre Gesichtszüge. Alle Dessous waren zu klein geraten. Auch der BH lag vom Fassungsvermögen weit unter ihrem Bedarf, mindestens zwei, eher drei Körbchengrößen. Mit voller Wucht traf sie die Erkenntnis: Die Sachen waren definitiv für eine andere Frau. Wütend zerknüllte sie die Rechnung, warf sie auf den Boden, richtete sich auf und war im Begriff, ihren untreuen Gatten zur Rede zu stellen. Die Hand umschloss schon die Türklinke, da hielt sie inne.

Vierzig, dachte sie bedrückt. Hast du ernsthaft geglaubt, dass er ein Leben lang nur dich begehren würde? Ernüchtert hob sie den Beleg wieder vom Boden auf, strich ihn glatt und steckte ihn in den Morgenmantel.

Die Geburtstagsfeier war unspektakulär. Von Jan bekam sie ihren obligatorischen Rosenstrauß, selbstverständlich vierzig Stück, sozusagen ein florales Schuldeingeständnis. Er hatte ihr eine alberne Zeitung vom Tag ihrer Geburt geschenkt, dazu einen Wellnessgutschein mit Massage und ein einstündiges Floating zum Entspannen. Wahrscheinlich um ein paar erotische Stunden mit der anderen zu verbringen, hatte sie in Gedanken resümiert.

Es hatte Heike einige Mühe gekostet, ein bitteres Lachen zu unterdrücken. Die Vorstellung, wie sie im Schwebebad abgeschottet von allen äußeren Reizen, quasi wie eine saure Gurke in konzentriertem Salzwasser eingelegt, alles um sich herum vergessen sollte, war zu komisch gewesen. Währenddessen würde ihr Mann wahrscheinlich versuchen, mit seinen ungeschickten Fingern die winzigen Häkchen der Push-up-Corsage dieses Miststücks zu öffnen.

Jan, der die Stimmungsschwankungen seiner Frau registrierte, bemerkte unsensibel: „Wenn dir der Floating-Gutschein nicht passt, du kannst ihn gerne zurückgeben. Kauf dir doch stattdessen ein paar schöne Sachen, bequeme Schuhe zum Beispiel. Die kann ich dir ja schlecht besorgen. Du weißt, wenn ein Mann seiner Frau Schuhe schenkt, läuft sie ihm davon."

Nach dieser Bemerkung beschloss Heike, grundsätzlich etwas in ihrem Leben zu verändern.

Wie bei jeder Geburtstagsfeier gingen sie am Abend zu ihrem Lieblingsitaliener essen, tranken eine Flasche Wein und unterhielten sich über alltägliche Belange. Jan tat charmant, Heike erfreut. Unter normalen Umständen hätte sie den Abend als gelungen bezeichnet. Anschließend erinnerte er sich daran, dass es Sonnabend war und begann, sobald sie im Bett waren und das Licht ausgeschaltet, gleichmäßig kreisend ihre Brüste zu streicheln. Daraufhin erklärte Heike, dass ihr womöglich der mediterrane Nudelsalat mit Rucola und Shrimps nicht bekommen sei. Kurz darauf schlief er tief und fest.

Eine Stunde später saß Heike auf dem Wannenrand und überprüfte Jans Smartphone. Entweder kommunizierte er mit der Fremden über eine ihr unbekannte App oder, was sie für wahrscheinlicher hielt, ihr Mann löschte alle verräterischen Spuren sofort. Auch die Überprüfung der Fotos auf dem Handy brachte nicht die erwünschte Information. Allerdings fehlten diverse Aufnahmen, wie sie anhand der Nummerierung der Dateien erkennen konnte. Und da diese de facto einem Zeitstempel glichen, gelang es ihr, die Tage zu bestimmen, die fehlten. Es waren jene, an denen er zu einer betrieblichen Weiterbildung an die Ostsee gefahren war. Die Wahrscheinlichkeit, dass es sich bei der Fremden um eine Mitarbeiterin der Firma handelte, war naheliegend.

In Gedanken ging sie alle Kolleginnen der Abteilung ihres Mannes durch, verglich ihre Konfektionsgrößen mit jenen, die auf dem Kaufbeleg ausgewiesen waren, und konnte schließlich den Fokus auf eine Person reduzieren: Laura Binder, die Leiterin des Qualitätsmanagements. Schlank, sportlich, hübsche Figur, fünf Jahre jünger als sie, karrierebewusst, keine wirkliche Schönheit, aber mit einem ansprechenden Gesicht, wenn sie geschminkt war. Das Miststück litt nicht an Übergewicht und das Wort Diät durfte in ihrem Sprachwortschatz unbekannt sein. Dass ihr Mann und die

Leiterin des Qualitätsmanagements das gleiche Fitnesscenter auf Firmenkosten besuchten, war ein weiteres Indiz. Jans Kuchenverzicht hatte also einen Grund.

Heike schimpfte sich blauäugig, erhob sich vom Wannenrand und schrie lautlos: „Untreuer Mistkerl, dafür wirst du büßen!" Dennoch zufrieden mit dem Ergebnis ihrer Recherche, legte sie sich wieder ins Bett und schlief erschöpft ein.

Die nächsten Tage verbrachte sie damit, einen Plan zu entwickeln, der drei Prämissen umfasste.

Erstens: Reduzierung des Körpergewichts um zwanzig – oder wenigstens zehn Kilogramm.

Zweitens: Änderung des Beziehungsstatus.

Drittens: Bestrafung der Konkurrentin.

Vielleicht ließen sich auch alle drei Punkte sinnvoll miteinander kombinieren.

Zuerst beschäftigte sich Heike damit, ein angemessenes Kampfgewicht zu erreichen, also Pfunde purzeln zu lassen. Ein wirkungsvolles Mittel musste her. Da die üblichen Wege erfolglos geblieben waren, bedurfte es etwas Besonderem. Aus Erfahrung wusste sie, klassische Diäten brachten nichts. Die Alternativen waren ebenfalls unseriös. Nur über eine Bandwurmdiät dachte sie ausführlicher nach. Die Schwierigkeit, Eier oder Larven vom *Taenia solium*, dem Schweinebandwurm, zu besorgen, stellte sich als beträchtlich heraus. Auch zweifelten Experten die Wirkung einer bewussten Bandwurmverseuchung massiv an. Das Martyrium, von sieben Meter langen Würmern malträtiert zu werden, verwarf Heike angewidert, auch wenn sich eine derartige Tortur für den dritten Punkt ihres Planes, Bestrafung der Konkurrentin, durchaus anbot.

Heike erinnerte sich, vor einiger Zeit von Diätpillen gelesen zu haben, die den Wirkstoff Dinitrophenol enthielten, kurz als DNP bezeichnet. Eigentlich war der Wirkstoff nicht für den menschlichen Konsum geeignet, sondern wurde industriell angewandt. Das Zeug war in Deutschland verboten, der gesundheitlichen Risiken wegen. DNP konnte zu Herzrasen, Fieber, Kreislaufproblemen und Atembeschwerden führen, aber es hatte eine extrem starke fettverbrennende Wirkung. Einen Rund-um-die-Uhr-Effekt versprachen einige Internetanbieter und garantierten, dass bis zu fünfhundert Gramm reines Körperfett pro Tag verbrannt werden könne.

Ideal für ihr Vorhaben, wie Heike fand. Aus ihren Recherchen wusste sie, dass zuweilen Bodybuilder das Mittel nutzten, um ihren Körper dem gewünschten Ideal näher zu bringen. Genau danach hatte sie gesucht, mit wenig Aufwand große Wirkung zu erzielen. Schnell sollte es gehen und nicht eine Ewigkeit dauern. Es kostete Heike einige Mühe, aber auf dem Schwarzmarkt für Anabolika wurde sie schließlich fündig. Sie erwarb ein Gläschen reines kristallines DNP für einen sündhaft hohen Preis. Um eventuelle Fragen zu vermeiden, gab sie bei der Bestellung den Namen ihres Mannes an, zahlte mit seiner Kreditkarte und ließ sich das Päckchen an eine Packstation liefern. Ein Zettel des Verkäufers warnte rot unterstrichen: *Falsch dosiert, das pure Gift!*

In den nächsten Tagen vermerkte Heike mit detektivischer Ausdauer jede Aktivität des Miststücks und ihres untreuen Mannes in einem Dossier. Wann und wie oft trafen sie sich? Wie hielten sie Kontakt zueinander? Wo trieben sie es und wie lange? Welche Geschenke machte Jan ihr?

Eine kleine App auf seinem Smartphone, die sie heimlich installiert hatte, gab nicht nur über jeden seiner Schritte Auskunft, sondern übertrug auch die Gespräche und lustvollen Aktivitäten. Schon nach kurzer Zeit kristallisierte sich ein klares Bild heraus, das sie zutiefst erschreckte. Jan plante offensichtlich eine gemeinsame Zukunft mit der Qualitätsmanagerin, anders ließ sich sein Besuch bei einem Rechtsanwalt für Scheidungsrecht nicht interpretieren. Heike musste handeln, möglichst zeitnah.

Und so heftete sie sich an Laura Binders Fersen und fand so viel über sie heraus, wie sie konnte. Die Qualitätsmanagerin wohnte allein am Stadtrand in einem Reihenhaus ohne Zaun. Die bescheidenen Rasenflächen waren durchweg sehr gepflegt, die Nachbarn grüßten einander höflich, blieben aber auf Distanz. Laura Binder war außerdem eine durch und durch körperbewusste Person. Wenn sie nicht im Fitnesscenter trainierte, fuhr sie Fahrrad oder joggte durch den Wald. Mit der Sicherheit nahm sie es anscheinend nicht so genau. Von ihrem Auto aus hatte Heike mehrmals beobachtet, wie die Konkurrentin ihren Wohnungsschlüssel aus Bequemlichkeit unter einem Keramiktopf versteckte, offensichtlich aus Angst, ihn unterwegs zu verlieren.

Dass jemand, der so viel Sport trieb, der besonderen Ernährung bedurfte, hatte Heike während der Recherchen herausgefunden. Neben der streng biologischen Komponente, Obst und Gemüse aus dem Hofladen zu verzehren, gab es aber auch eine körperfördernde. Das Miststück trank nach jedem Training einen isotonischen Protein-Vitamin-Shake zur Auffrischung der Muskulatur und zur Verbesserung der Abwehrkräfte.

Jan hatte sich, seit seinem Fitnesswahn oder genauer formuliert, seit er sich den körperlichen Anforderungen der Qualitätsmanagerin widmete, ebenfalls für solch eine Unterstützung entschieden. Schwitzen und Schnaufen, ergänzt durch Sex als systematisches Ganzkörpertraining verlangte ihm alles ab. Kraft, Kondition und Stehvermögen waren gefordert. Um Mangelerscheinungen zu vermeiden, bedurfte es leistungssteigernder Nahrungsergänzungsmittel. Jan verzichtete auf das gemeinsame Frühstück und trank stattdessen jeden Morgen ein Glas von dem isotonischen Ich-mach-dir-den-Hengst-Shake.

Zu welchen Leistungen er fähig war, verriet Heike die installierte App. Während sie im Auto saß, mit einer Stoppuhr die Zeit nahm und das Reihenhaus der verhassten Konkurrentin entrüstet beobachtete, musste sie erkennen, dass aus dem Spezialisten für Kurzstrecken, ein beeindruckender Könner der langen Distanzen geworden war. Schlimmer noch, nach seinem letzten sinnlichen Marathon hatte er dem Miststück gebeichtet, dass er Angst vor den Sonnabenden habe, weil er jedes Mal befürchtete, unter den Massen seiner Frau zu ersticken. Er halte das nicht mehr aus. Und dann hatte er geflüstert, er freue sich auf jenen Tag, an dem er zu ihr ziehen könne. Laura hatte auf die Anspielung gereizt reagiert und als er erneut nachdrücklich von einer gemeinsamen Zukunft schwafelte, ihn gebeten zu gehen.

Noch hatte sich Heike nicht entschlossen, DNP anzuwenden. Ihr Plan, Körpergewicht reduzieren, Beziehungsstatus ändern, Konkurrentin bestrafen, war bis zu jenem Tag in theoretischen Überlegungen steckengeblieben. Nach dem Bekenntnis ihres Mannes, sich vor ihren Massen zu ekeln, musste sie handeln. Zwar klang noch die Warnung des Verkäufers in ihren Ohren – *Falsch dosiert, das pure Gift!* –, aber ohne Mut würde der Erfolg ausbleiben. Zutiefst verletzt las sie die Anleitung und rührte das kristalline Pulver in einem Glas Wasser an. Sie wollte das Wundermittel in einem Zug in sich hineinkippen und damit mutig ihr Leben ändern. Doch sie zögerte. „Warum soll ich mir das antun?", fragte sie sich unvermittelt. „Jan liebt mich nicht mehr. Er wird mich auch künftig nicht mehr lieben. Bin ich wirklich so naiv? Er will mich verlassen, um mit diesem Miststück zusammenzuleben. Egal wie sehr ich mich bemühe, egal ob ich zehn oder zwanzig Kilo abnehme, ich hab ihn doch schon verloren."

Die Lösung all ihrer Probleme kam Anfang der letzten Woche mit einer Lieferung per Post. Wie immer enthielt sie zwei Dosen des isotonischen Protein-Vitamin-Shake Pulvers. Eine der beiden nahm Jan regelmäßig mit zur Arbeit, angeblich, um sich dort auch gesund zu ernähren. Von wegen! Heike wusste, das hochwertige und nicht gerade billige Nahrungsergänzungsmittel würde wie immer in einen der Küchenschränke von Laura wandern. Anfang der Woche hatte Jan tatsächlich die zweite Dose mit ins Büro genommen, ohne zu ahnen, dass diese manipuliert worden war. Das isotonisch angereicherte Milchpulver war reichlich um eine Komponente gestreckt, Dinitrophenol. Heike hatte penibel darauf geachtet, keine Fingerabdrücke oder andere verräterische Spuren zu hinterlassen.

Am Samstagmorgen, als sie nicht schlafen konnte, betrachtete Heike erneut ihr Spiegelbild und kam nicht umhin festzustellen, dass sie einen Tick schlanker wirkte. Es war keine optische Täuschung, die durch kaschierende Kleidung erreicht wurde. Nein, die Aufregung der letzten Wochen hatten dazu geführt, dass einiges Hüftgold auf der Strecke geblieben war. Zufrieden lächelte sie. Natürlich war das nicht von Dauer, Jo-Jo-Heike wusste das, aber es fühlte sich gut an. Zumindest konnte sie ohne Reue am Wochenende ihre Lieblingstorte backen.

Laura Binder, die durchtrainierte, schlanke Qualitätsmanagerin deutete die ersten Symptome als beginnende Grippe. Als diese immer stärker wurden und die üblichen Hausmittel wirkungslos blieben, suchte sie einen Arzt auf, der Bettruhe und fiebersenkende Medikamente verschrieb. Als in der kommenden Nacht der Rettungsdienst eine mögliche Vergiftung diagnostizierte, war es schon zu spät. Das Gift der Diäthilfe war in den Blutkreislauf gelangt und der Zustand der Qualitätsmanagerin verschlechterte sich dramatisch. Die junge Frau verbrannte regelrecht von innen. Kurz nach Mitternacht kollabierte ihr Stoffwechsel. Sie hörte auf zu atmen. Ihr Herz versagte. Der Versuch einer Wiederbelebung misslang.

Die Gerichtsmedizin wies nach einigen Laboruntersuchungen das Diätmittel DNP nach. Daraufhin verhaftete die Kriminalpolizei den völlig verdutzten Jan Stegner, der seine Unschuld beteuerte. Aber er konnte weder erklären, wie das verbotene Mittel mit seiner Kreditkarte bezahlt worden war, noch leugnen, dass er von seinem Rechner aus, das isotonische Protein-Vitamin-Pulver geordert hatte. Auf die Frage, warum er das gesetzwidrige Produkt DNP nicht an die übliche Adresse hatte senden lassen, antwortete er mit Unverständnis. Er habe es nicht bestellt. Niemand glaubte ihm. Auch hatten die Beamten einen anonymen Hinweis erhalten, dass Laura Binder kurz davor gestanden haben soll, die Beziehung zu beenden. Seine Kollegin wollte auf keinen Fall, dass ihre alberne Liaison zu einer Scheidung führte. Er habe das nicht einsehen wollen. Zum Schluss habe sie sogar Angst vor ihm gehabt.

Das Motiv war auch dem letzten Beamten klar: verschmähte Liebe, Eifersucht oder irgendetwas anderes hormonell Menschliches. Jan wusste, er war unschuldig. Immer wieder beteuerte er, alles sei nur ein Irrtum, während die Handschellen zuschnappten. Verzweifelt schaute er seine Frau an. Heike antwortete mit einer schallenden Backpfeife und ungläubigen Tränen. Lange hatte sie vor ihrem Spiegel geübt, überzeugend auf die Information, ihr Mann gehe fremd, zu reagieren.

Regelmäßig am Sonnabend für je eine Stunde besuchte Heike ihren Mann im Gefängnis. Jan freute sich jedes Mal auf den Tag. Trotz seiner peinlichen Affäre hatte sie ihm verziehen. Von solch einer Großmütigkeit war Jan schwer beeindruckt.

Sie gebe ihn nicht auf, hatte sie schluchzend gesagt und gemeint, ihr Beziehungsstatus sei zwar *getrenntlebend*, aber es werde auch eine Zeit danach kommen. Auch wenn Jan zuweilen an die körperlichen Vorzüge Lauras dachte, er kam nicht umhin, Dankbarkeit für so viel Empathie zu empfinden. Nur wer die Qualitätsmanagerin umgebracht hatte, blieb ihm ein Rätsel. Möglicherweise war die Liebe zu Heike doch nicht vollständig erloschen. Sie hielt zu ihm. Und jedes Mal, wenn sie gemeinsam an einem Tisch im Besucherraum saßen, servierte seine Frau fantastischen Kuchen. Inzwischen hatte er wieder einige Kilo zugenommen. Ihm mangelte es an Bewegung und wenn auch bedauernd, er fand sich mit den neuen Pfunden ab.

Jan konnte ja nicht ahnen, dass Heike heimlich Kreatin, jenem Teil des Kuchens beigemischt hatte, deren Stücke er bei ihren Besuchen so gerne verzehrte. Ein frei käufliches Nahrungsergänzungsmittel, das für einen kontinuierlichen Muskelaufbau gedacht war und bei mangelnder sportlicher Betätigung stattdessen die Fettpolster wachsen ließ.

Gewinnspiele

Glück entsteht oft durch Aufmerksamkeit in kleinen Dingen,
Unglück oft durch Vernachlässigung kleiner Dinge.

WILHELM BUSCH

Mit der Zeit hatte der Pensionär Rainer Wunderlich ein Gespür dafür entwickelt, welche Gewinnspiele Aussicht auf Erfolg haben würden und welche nur dazu dienten, die Kontaktdaten der Teilnehmer abzuschöpfen. Die Erfolgsquote des ehemaligen Mitarbeiters des Katasteramtes war durchaus beachtlich, auch wenn der große Treffer bisher ausgeblieben war. Seit Jahren gewann er nutzlose Gegenstände, bekam Freikarten für zweitklassige Kulturveranstaltungen oder Gutscheine für weit abgelegene Restaurants.

Für seine Frau Clara war die Jagd nach den albernen Gewinnen eindeutig ein Zeichen für beginnenden Altersstarrsinn, gepaart mit einer ausgeprägten Spielsucht. Statt sich mit sinnvollen Dingen zu beschäftigen, zum Beispiel ein Buch zu lesen, Gartenarbeit zu leisten oder mit ihr gemeinsam schön spazieren zu gehen, beschäftigte er sich lieber mit den Albernheiten der Werbeindustrie.

Zweihundertfünfzig Euro für Briefmarken schlugen jeden Monat zu Buche. Es war nicht so, dass Rainer Wunderlich ihr Vermögen aufs Spiel setzte, dazu war seine Pension zu üppig. Doch die Tatsache, dass er täglich Postkarten ausfüllte, Radiosender anrief oder per Mausklick an Gewinnspielen im Internet teilnahm, ärgerte sie außerordentlich. Wenn er wenigstens nur eine Stunde für sein albernes Hobby verwenden würde, aber nein, er verbrachte den gesamten Vormittag in seinem Arbeitszimmer und sprach sie ihn auf die verschwendete Lebenszeit an, zusätzlich auch noch den Nachmittag.

Des Öfteren hatte sie mit dem Gedanken gespielt, ihn wegen dieser Unsitte entmündigen zu lassen. Ihr Hausarzt hatte ihr jedoch unmissverständlich klargemacht, dass eine persönliche Schwäche kein akzeptabler Grund sei. Clara blieb nur, mit ihrem Mann zu streiten und ihn mit täglichen Vorwürfen mürbe zu machen.

Der ehemalige Mitarbeiter des Katasteramtes war allerdings berufsbedingt Vorhaltungen gewohnt und besaß eine Art Lotuseffekt, der alle Wutreden seiner Gattin wie Staub abperlen ließ. Er nahm nun einmal gern an Gewinnspielen teil. Die Freude, wenn ein Päckchen an der Tür abgegeben wurde, sein Name im Radio fiel oder er per E-Mail einen Link erhielt, der zum Ausdrucken eines Gutscheins berechtigte, ließ ihn Claras Tiraden schnell wieder vergessen. Das ging so lange gut, bis ihren Worten Taten folgten. Sie blockierte regelmäßig das Telefon, wenn ein Radiosender die Aufforderung brachte: Jetzt anrufen! Mehrmals kam die Sicherung, als er nach einer einstündigen Auswahl im Internet, das obligatorische Formular mit all seinen Fragen endlich ausgefüllt hatte. Dass er alles wieder neu erfassen musste, hatte ihr offensichtlich jemand geflüstert. Höhepunkt ihrer neuen Taktik war, den Bestand seiner Briefmarken zu reduzieren, indem sie Unmengen von Protestpostkarten gegen das Tragen von Pelzen versendete. Zwar hatte sie Pelz schon immer Kunstfell vorgezogen, allein ökologischer Gründe wegen, aber das war ihr an jenem Morgen egal.

Rainer Wunderlich kochte vor Wut, sicherte sich das letzte Paar Marken und verzog sich in sein Arbeitszimmer.

Obwohl er an jenem Tag nur zwei Postkarten verschicken konnte, erhielt er eine Woche später einen Brief per Einschreiben mit Rückantwort. Er wurde darüber informiert, dass er als Gewinner eines Preisausschreibens ermittelt worden war. Der Verfasser des Schreibens nannte es eine besondere Freude, ihm mitteilen zu dürfen, dass er den Hauptpreis der diesjährigen Bestattungsmesse *Ende gut, alles gut!* gewonnen habe. Der Brief kam von einer Bestatterinnung und war an ihn persönlich gerichtet. Die Vertreter der Innung seien stolz darauf, ihn darüber in Kenntnis setzen zu können, dass er das Modell *Unter allen Wipfeln ist Ruh* sein Eigen nennen dürfe.

Der Entwurf stammte von einem renommierten Designer, der den Sarg nicht nur ansprechend gestaltet, sondern auch ergonomisch den Gegebenheiten einer langen Ruhe angepasst hatte. Die Ausstattung sei praktisch, elegant, mit hochwertig biologisch abbaubaren Materialien konzipiert und könne auf Wunsch durch Sonderausstattung erweitert werden. Ein Gutschein über fünfhundert Euro fand sich ebenfalls im Briefumschlag, sowie eine vier Seiten lange Auflistung der Standard-Ausstattung und eine ebenfalls so umfangreiche Liste der optionalen Erweiterungen. Sogar eine elektrische Signalanlage mit Blaulicht und Martinshorn, alternativ ein mechanisches Glockengeläut, das im Falle eines unerkannten Scheintodes Aufmerksamkeit erwecken sollte, wurden angeboten. Selbst der Einbau eines Sauerstofftanks war möglich, aber nur in der Premiumversion und mit Zustimmung der verantwortlichen Behörden.

Auch weise die Innung ausdrücklich darauf hin, dass die jeweilige Implementierung von Sonderausstattungen von der Friedhofsordnung abhänge und Deutschland sich mit fortschrittlichen Innovationen beim Bestattungswesen grundsätzlich schwertue. Das Schreiben endete mit der Bitte um eine Terminvereinbarung zwecks Selbstabholung des Sarges oder der Angabe, wohin das Erdmöbelstück geliefert werden dürfe, wobei leider in diesem Fall die entsprechenden Transportkosten in Rechnung gestellt werden müssten. Bei Annahme des Geschenks gelten die *Allgemeinen Geschäfts- und Lieferbedingungen*.

Rainer freute sich außerordentlich, endlich einen Hauptpreis gewonnen zu haben. Clara bezeichnete ihn als verrückt, überflog die Liste optionaler Erweiterungen und nannte die Angebote lächerlich. Sie erwartete, dass er die Annahme dieser Kiste verweigere.

Ableben kam für Rainer zwar in absehbarer Zukunft nicht infrage, dennoch sah er für das Meisterstück eine Verwendung. Er freute sich auf den Tag der Lieferung, auch wenn er sich der Probleme bewusst war. Sich das Unikat bis zum Todestag in die Wohnung zu stellen, lehnte seine Frau rigoros ab. Den Sarg auf dem Dachboden einzulagern, war aus Platzgründen nicht möglich. Der Eingang zum Keller war zu verwinkelt und sein Arbeitszimmer für das Monstrum zu klein. Als Klubtisch vor dem Sofa aufgebahrt, wirkte es zu dominant. Die Variante, das massive Totenmöbel neben ihrem Ehebett zu platzieren, konnte auch er sich aus Pietätsgründen nicht vorstellen. Mit dem Gewinn des guten Stücks war jedoch die Verpflichtung verbunden, das hölzerne Kunstwerk weder zu zerstören, noch anderweitig zu nutzen, es Dritten zu veräußern oder zu überlassen. Der Sarg war sozusagen zweckgebunden.

Am Abend, bevor der Hauptpreis geliefert wurde, bat er Clara um ein Gespräch. Er kochte für sie Tee, verwendete ihre Lieblingssorte, rührte auch den obligatorischen Löffel Honig bei – allerdings nicht nur diesen. Verständnisvoll setzte er sich mit ihr an den Küchentisch, lauschte geduldig ihren Vorwürfen, nickte zuweilen und nachdem sie ihre Tasse geleert hatte, versprach er, dass sich künftig alles ändern würde. Als Erstes gedachte er, morgen Vormittag im Garten zu arbeiten. Clara glaubte sich am Ziel. Rainer wusste, er würde noch eine Nacht warten müssen.

Um sechs Uhr klingelte der Wecker. Die Lieferzeit seines Gewinnes war zwischen sieben und zwölf Uhr avisiert. Rainer zog sich in freudiger Erwartung an und setzte sich auf die Bettkante neben seine Frau. Er betrachtete sie mit einem Lächeln, strich eine Strähne aus ihrem Gesicht und prüfte ihren Puls. Nichts war zu spüren. Der Tee hatte gewirkt, wie erwartet. Zufrieden nickte er. Seufzend begab er sich dann in den hintersten Teil des Gartens, um ein Loch auszuheben, das den Maßen des Sarges entsprach. Es würde einen ganzen Tag dauern, war er sich sicher. Zeit für ein Gewinnspiel blieb da nicht. Noch einmal betrachtete er seine Frau, dann schloss er den Deckel.

Ein wenig hatte Rainer gehofft, dass die zweite Postkarte gewinnen würde. Die Glücksfee hatte leider anders entschieden. Den ersten Preis der Firma Dauerfrosty, die zu ihrem Firmenjubiläum eine Kühltruhe spendiert hatte, deren Innenmaße in Länge, Breite und Tiefe problemlos Clara hätte beherbergen können, gewann jemand anderer.

PS: Als Clara Stunden später aus ihrem totenähnlichen Schlaf erwachte und begriff, dass sie sich im Sarg *Unter allen Wipfeln ist Ruh* befand, bedauerte sie außerordentlich, dass sie die optionale Erweiterung *mechanisches Glockengeläut* als lächerlich bezeichnet hatte.

PPS: Rainer bekam von ihrem Sinneswandel nichts mit, goss er doch in jenem Moment den Apfelbaum, den er beim Gewinnspiel des örtlichen Baumarktes gewonnen hatte.

Reise sanft in Frieden

*Man könnte viele Beispiele für unsinnige Ausgaben
nennen, aber keines ist treffender als die Errichtung einer
Friedhofsmauer. Die, die drinnen sind, können sowieso nicht
hinaus, und die, die draußen sind, wollen nicht hinein.*

MARK TWAIN

Zwei Geschäfte, ein Laden! Doppelter Gewinn, halbe Kosten, Synergieeffekte. Egal mit wem Konrad Meise geredet hatte, allesamt bestätigten ihm, dass die Idee genial sei. Sie bewunderten seinen Mut. Jeder wünschte Glück. Keiner verneinte eine spätere Zusammenarbeit. Allerdings hatte Konrad nur den theoretischen Ansatz erklärt und die Details verschwiegen. Ganzheitlich aufgestellt, ökonomisch vielversprechend, ein neues, bisher nie da gewesenes Konzept, so charakterisierte er die Geschäftsidee. Selbst mit dem Werbespruch für das künftige Unternehmen konnte er aufwarten.

*Ob erste oder letzte Reise, bucht für Sie der Konrad Meise!
Reisebüro und Beerdigungsinstitut – Was Sie wollen!*

Der ambitionierte Unternehmer hatte den Laden günstig erworben und nach einem Umbau in zwei Bereiche geteilt. Die linke Seite versprach Erholung pur an den schönsten Orten der Welt. Die rechte bot alles aus einer Hand, um selbige angemessen zu verlassen. Links Hochglanzkataloge, Muscheln, Strandutensilien. Rechts Särge, Urnen und Grabschmuck. Auf beiden Seiten hübsche Fotos von Sonnenuntergängen.

Konrad Meise eröffnete sein Kombigeschäft mit einem Tag der offenen Tür. Die Besucher wünschten viel Erfolg, alles Gute, fernwehleidende Kundschaft und immer eine Leiche im Kühlfach. Ein lustiger Abend war es. Gläser wurden mit Bohle aus der Urne gefüllt und um Mitternacht, als alle angesäuselt waren, dem Sarg-probeliegen gefrönt.

Der Standort des Ladens schien Konrad Meise perfekt zu sein. Zum einen, weil die Statistik für diesen Ortsteil eine signifikante Überalterung der Bewohner auswies und diese zu den gutsituierten der Stadt zählten. Zum anderen, weil sein Geschäft in der Engelhorn-Straße lag und der Name nach göttlichem Himmelsgeläut klang. Die Benennung der Straße nach Heiner Engelhorn, einem städtischen Schornsteinfeger, war zu Ehren des lebensfreudigen Mannes, der zweiunddreißig Kinder gezeugt hatte, 1913 feierlich erfolgt. Kaiser Wilhelm II. persönlich wollte eine derart Achtung gebietende Leistung gewürdigt sehen.

Leben und Tod liegen dicht beieinander, hatte Konrad Meise beim erstmaligen Betrachten des Straßenschildes geschlussfolgert und erwartungsfroh in die Zukunft geschaut.

Seit dem Tag der offenen Tür waren inzwischen drei Monate vergangen. Reiseinteressierte fanden sich nicht und bisher war auch niemand der überalterten Gemeinde verstorben. Weder Last-Minute-Angebote an Traumstrände, noch Schnäppchenpreise für Import-Erdmöbel, geschweige denn sachbezogene Abende mit Kanapees und Prosecco halfen, die Entdeckerfreude potenzieller Kunden zu wecken.

Kein Mensch interessierte sich für die Vorträge. Weder der Multimedia-Bericht „Mit dem Fahrrad um die Ostsee" noch der Fachvortrag „Sterben als Steuersparmodell" fanden Interessenten. Selbst ein großzügig bedachtes Gewinnspiel, bei dem die Teilnehmer Liegetiefen, Flächenbedarf pro Person oder Kremierungstemperaturen schätzen sollten, blieb erfolglos.

Trotz der Anfangsprobleme zweifelte Konrad Meise keinen Augenblick an seiner Entscheidung, das Traurige mit dem Nützlichen zu verbinden. Sicherlich, ungewohnt war die Kombination schon, aber irgendwann würden sie die Idee verstehen. Dennoch schaute er zunehmend besorgt auf die Kontoauszüge.

Kurz vor Ladenschluss klingelte das kleine Glöckchen an der Eingangstür. Konrads Freude auf Kundschaft löste sich allerdings sofort wieder auf, als er erkannte, um wen es sich handelte. Sybille Bäke-Gerkesmeier, das fleischgewordene Korrektiv für ein politisch korrektes Miteinander. Mit Grausen dachte der Reisefachmann an die Diskussion im Stadtrat zurück, ob es nicht angemessen wäre, den Frauen, die jener Schornsteinfeger geschwängert hatte, ein Denkmal zu spendieren oder zumindest Mahntafeln an den betreffenden Häusern zu befestigen.

Die überwiegend männliche Mehrheit entschied sich gegen den Vorschlag, schon deswegen, weil niemandem der Herren eine passende Inschrift eingefallen war. Zwar hatte der Bürgermeister einige Ideen, diese waren aber durchweg unakzeptabel. Albern skandierte der Ehrenvorsitzende des Faschingsvereins seine zweifelhaften Vorschläge: *Damit der Ofen richtig heizte, Lieschen Müller hier die Beine spreizte.* Den fassungslosen Blick der Oppositionsführerin interpretierte der Freund deftiger Altherrenwitze eindeutig falsch und reimte sich in Rage: *Der Schornsteinfeger brachte Renate Bauer Glück mit seinem schönsten Stück! Den schwarzen Mann im Bett fand die Susi Hoffmann nett. Auch Hedwig Hotze putzte er die ...*

Es kam zu Tumulten. Der Bürgermeister musste seinen Hut nehmen. Ein Mahnmal gab es dennoch nicht.

Konrad rechnete mit dem Schlimmsten, begrüßte aber freundlich seinen ersten Kunden, besser gesagt Kundin, und erkundigte sich höflich, wie er denn helfen könne.

Ohne Regung nahm Sybille Bäke-Gerkesmeier Platz und formulierte ihr Anliegen. „Wenn Sie sich umbringen würden wollen, welche Methode wäre für Sie die geeignete? Sind Sie mehr der mechanische oder eher der chemische Typ? Ich meine würden Sie sich lieber mit etwas Brachialem, also mit einer Schusswaffe ins Jenseits befördern? Oder neigen Sie eher klassisch zu Strick und passender Fallhöhe, um das Genick bersten zu lassen? Würden Sie, im Falle einer quälenden Krankheit, Gift den Vorzug geben?"

Konrad Meise sah sich augenblicklich überfordert. Eigentlich hatte er ein Glas Wasser oder eine Tasse Kaffee anbieten wollen, überlegte aber ernsthaft, ob er den Flachmann für Notfälle aus dem Schubfach holen sollte.

„Ich fürchte, ich kann Ihnen nicht ganz folgen", erwiderte er mit Bedauern, ergänzte aber, um nicht gleich der Inkompetenz bezichtigt zu werden: „Persönlich denke ich, schnell sollte es gehen und möglichst schmerzfrei."

Erstaunlicherweise nickte Frau Bäke-Gerkesmeier und strich sich nachdenklich über die Stirn. „Okay! Dann fällt verbrennen, ertrinken oder ersticken weg. Ein längeres Ableben kommt auch nicht infrage. Maximal eine Minute?"

Er nickte. Was sollte er darauf antworten? Plus minus zehn Sekunden?

Sie schien zufrieden zu sein mit seiner Reaktion. „Verstehe! Ein Hochhaus müsste passen. Zwölfte Etage. Pro Etage eine Sekunde." Sie holte einen Zettel aus der Tasche und rechnete. „Zeit zwischen Absprung und aufklatschen ... Bei 9,81 m/s^2 * 12 s ... Ein s kürzt sich heraus ... ergibt eine Fallgeschwindigkeit 117,72 m/s. Das müsste reichen, oder?"

Konrad holte den Flachmann aus dem Schubfach und gönnte sich einen tiefen Zug. Es blieb unbeachtet. Sybille Bäke-Gerkesmeier war zu sehr in Gedanken versunken, um es zu bemerken.

„Ist man dann garantiert gleich tot?", fragte sie und sah noch immer auf ihren Zettel.

„Das ist nicht hundertprozentig sicher", gab er zu bedenken. „Es gibt Personen, die einen Sturz vom Hochhaus überstanden haben. Ich habe von dem Fall einer Musikerin aus Kolumbien gehört, die aus dem sechsundzwanzigsten Stock gestürzt ist und überlebt hat. Allerdings war da ein Schwimmbecken."

Enttäuscht rutschte Bäke-Gerkesmeier auf ihrem Stuhl hin und her. „Zu dumm. Sicher sollte es schon sein."

Möglicherweise war es der Mut der Verzweiflung, der Konrad Meise fragen ließ: „Reden wir über Sie oder jemanden, den Sie persönlich kennen? Ich sehe mich ehrlich gesagt eher als Berater für den Weg nach dem Tod und weniger darin, vorzuschlagen, wie man ihn am schnellsten erreicht."

„Seien Sie doch nicht so kleinlich. Das ist eine ernste Angelegenheit. Abgesehen davon, ich kann mir nicht vorstellen, dass Ihre Kühlfächer ausgebucht sind. Nehmen wir mal an, es geht um einen näheren Bekannten. Eine inspirierende Reise für zwei Personen, verbunden mit etwas Ruckizuckigem wäre angebracht." Sie verzog das Gesicht und imitierte einen Sterbenden.

Ratlos schaute Konrad die Frau an. Er überlegte, welcher seiner Kataloge Auskunft geben könnte. Vorsichtig formulierte er: „Etwas Ruckizuckiges? Paris wäre eine Option. Gemeinsam könnten Sie die Rue de la Croix Faubin besuchen. Über vierzig Jahre lang stand die berüchtigte Guillotine der Französischen Revolution dort. Allerdings finden sie heute lediglich fünf in den Boden eingelassene Steine. Eine letzte Erinnerung an diese Hinrichtungsmethode, die tausenden Köpfen das Rollen lehrte. Vielleicht wäre es Ihrem Bekannten recht, wenn sein Kopf vom Rumpf getrennt wird? Einen Bauplan für eine Guillotine findet sich bestimmt im Internet. *Ratsch!* Das war's. Ruckizuckiger geht's wirklich nicht."

„Gute Idee, den Tod mit einer ausgefallenen Abschlussreise zu verbinden. Was können Sie mir noch empfehlen?"

„Wie wäre es mit einer Kreuzfahrt? Karibik? Ich hätte da etwas, schnell, schmerzlos und exotisch. Derzeit gibt es beachtliche vulkanische Aktivitäten auf Hawaii. Verdampfen in tausend Grad heißer Lava. Ein Moment lang Konzentration. Kurzer Anlauf. Und *Puff*. Erledigt."

„Machen Sie sich nicht lächerlich!" Bäke-Gerkesmeier reagierte ungehalten. „Ein Grab muss schon sein. Außerdem bevorzugt er Aktivurlaub. Kreuzfahrten sind ihm zuwider."

„Wie wäre es mit Argentinien und Schlaftabletten?"

Sie zögerte eine Sekunde und schaute ihn angesichts des lapidaren Vorschlags mitleidig an.

Konrad verbesserte sein Angebot. „Ich meine in Kombination. Wanderungen durch die Nationalparks Argentiniens. Ein Besuch der Totenstadt Cementerio de la Recoleta in Buenos Aires. Und als Abschluss in Mar del Plata, dem Top-Strandresort, ein Sprung mit dem Fallschirm, kombiniert mit einer gehörigen Portion

Schlaftabletten oder K.-o.-Tropfen. Bevor er unten ist, Tiefschlaf und *Batsch*. Die meisten Menschen wollen doch im Schlaf sterben."

„Sind das nicht Tandemsprünge?"

Konrad Meise blätterte nachdenklich im Katalog, nickte dann enttäuscht. „Mein Fehler! Kommt dann natürlich nicht infrage." Er zögerte kurz und zog eine Liste aus dem Schubfach. „Wie wäre es denn mit einer Individualreise an einen besonders gefährlichen Ort? Los Cabos in Mexiko zum Beispiel. Höchste Mordrate weltweit. Dreihundertfünfundsechzig im letzten Jahr. Sicherlich kein klassischer Urlaubsort, aber wenn Sie es wünschen, könnte ich da etwas arrangieren."

Er hatte ihren Nerv getroffen. Neugierig beugte sie sich vor und studierte die Liste. „Sehr interessant! Wäre das auch kurzfristig möglich?"

Konrad Meise tippte auf der Tastatur herum und gab das Reiseziel ein.

„Wenn Plätze im Flugzeug frei sind, kein Problem. Sie müssten mehrfach umsteigen. Reykjavík, Pittsburgh, Las Vegas und dann San José del Cabo, Mexico, Los Cabos. Ganz billig ist das aber nicht. Frühbucherrabatt wird leider nicht gewährt. Rückerstattungsfähig ist die Reise auch nicht."

Beide betrachteten die Angaben auf dem Bildschirm.

„Geld spielt keine Rolle. Buchen Sie den nächstmöglichen Termin, sechs Nächte, mindestens Vier-Sterne-Hotel, Halbpension und selbstverständlich die Extras. Überfall mit tödlichem Ausgang inklusive Überführung der sterblichen Hülle in die Heimat. Beerdigung hier auf dem Friedhof. Etwas Schlichtes reicht. Basisangebot ohne Schnörkel im kleinen Familienkreis."

Konrad Meise notierte sich die Angaben auf einem Zettel. Endlich trug sein Konzept Früchte, wenn auch etwas spezieller als gedacht. „Ich benötige die persönlichen Daten der Reisenden."

Sybille Bäke-Gerkesmeier begann in ihrer Tasche zu suchen. „Es soll eine Überraschung werden." Sie lachte verbittert. „Wussten Sie, dass der Kerl ein direkter Nachfahr des Schornsteinfegers Heiner Engelhorn ist? Dieselben Gene. Der vögelt alles, was nicht bei drei auf den Bäumen ist. Sogar meine beste Freundin.“

Mit einem kalten Lächeln reichte sie ihren und den Ausweis ihres Mannes an Konrad Meise, der leicht aufgeregt aber auch mit angemessener Betroffenheit die Daten akkurat in seinen Computer eintippte.

Man kennt sich halt

Die größte Sehenswürdigkeit, die es gibt,
ist die Welt – sieh sie dir an.

KURT TUCHOLSKY

Ich hatte mich entschlossen, noch vor der Öffnung der Bankfiliale, trotz der winterlichen Temperaturen, vor dem kleinen Eingang zu warten. Die gestrige Lesung war erfolgreich gewesen und die aufmerksamen Zuhörer in Kauflaune. Meine Bitte, möglichst passend zu zahlen, führte dazu, dass der Bestand an Münzen massiv zunahm. Da ich ungern mit viel Bargeld herumreise, wollte ich es schnell einzahlen.

Es war eine unscheinbare Bankfiliale in einem übersichtlichen Ort, eine jener Sorte, die ihre Kunden noch persönlich kannten.

Hast ist mir zuwider und an diesem Morgen stand kein anderer Termin in meinem Kalender. Grundsätzlich mag ich die ruhigen Morgenstunden, um Finanzgeschäfte zu tätigen. Abgesehen davon bevorzuge ich Bankangestellte, die nicht von den Strapazen des Tages gezeichnet sind und krampfhaft versuchen, durch aufgesetzte Freundlichkeit Interesse vorzutäuschen.

Obwohl ich zehn Minuten vor der Öffnungszeit erschien, standen schon ein halbes Dutzend Wartende, zumeist Rentner, in strategisch günstigen Positionen vor dem Filialeingang. Augenblicklich beäugten sie mich misstrauisch und wechselten vielsagende Blicke. Schaut hin, ein Fremder! Ansatzlos ordneten sie mich jenem Personenkreis zu, der sich bei jeder Gelegenheit ungebührlich Vorteile durch Vordrängeln verschafft. Auffällig unauffällig rückte die Wartegemeinschaft dichter an den Eingang, sodass die Lücken zwischen ihnen undurchdringbar schienen.

Beleidigt betrachtete ich die betagte Warteallianz, die deutlich signalisierte: Du kannst nicht vorbei!

Position eins wurde von einem alten Herrn beansprucht, dessen

Kleiderordnung verriet, dass er einen pragmatischen Charakter besaß. Für kurze Erledigungen, wie schnöde Bankbesuche, zog er lediglich Hose und Jacke über den Schlafanzug. Auf Strümpfe hatte er verzichtet, offensichtlich ohne den Wetterbericht zu studieren. Kälte ließ ihn rhythmisch von einem Bein auf das andere tänzeln. Neben ihm, Position zwei, eine gewichtige Frau. Typ pensionierte Lehrerin, deren Augenmerk darauf gerichtet war, alle paar Sekunden die restlichen Wartenden kritisch zu scannen und bei Missfallen die rechte Augenbraue hochzuziehen. Eindeutig der Prototyp des Schreckens jedes Schulhofs.

Zwei Meter abseits, aber deutlich auf Position drei und vier, die Bio-Bauern-Fraktion. Schlicht und funktionell gekleidet. Wahrscheinlich hatte es die beiden nach einem Love-and-Peace-Festival in die Ruhe und Abgeschiedenheit dieses Landstrichs verschlagen. Der Verdacht, dass sie ihre Pflanzen mittels glücksbringenden Düngers und durch Beschallung mit Woodstockhymnen in euphorische Zustände versetzten, schien mir naheliegend. Um ihren besorgten Blicken auszuweichen, trat ich an eines der Fenster der Filiale.

Daraufhin erklang ein bedrohliches Murmeln des Rentnergeschwaders, wobei besonders Positionen fünf und sechs sich aktiv einbrachten. Der Vollständigkeit halber sei erwähnt, dass es sich um ein rührend anzuschauendes, händchenhaltendes Rentnerehepaar handelte. Sie mit einer rekordverdächtigen dioptrienstarken Brille, er ständig an seinem Hörgerät nestelnd und permanent ungläubig mit dem Kopf wackelnd.

Unbeeindruckt vom negativen Karma der in die Jahre gekommenen Wartegemeinschaft schaute ich durch das Fenster der Filiale und beobachtete das gemächliche Treiben der Angestellten. Zwei jüngere Mitarbeiterinnen erzählten offensichtlich lustige Begebenheiten, während eine ältere mit dezent gekonnter Mimik deutlich machte, was sie von derartigen Albernheiten hielt. Der Vierte im Bunde, offensichtlich der Filialleiter, tat wichtig. Er huschte aufgeregt zwischen seinem Büro und den Schaltern hin und her, betrachtete sorgenvoll ein Papier, stellte Fragen, die alle aus dem

Team mit Kopfschütteln beantworteten. Gehetzt schaute er alle paar Sekunden auf die Uhr.

Da vorerst keine Gefahr von mir auszugehen schien, begann bei den Rentnern eine Diskussion, wer zu welchem Zeitpunkt eingetroffen sei. Die hypothetische Frage, ob jemand Anspruch auf eine Reihenfolge anmelden durfte, wenn dieser einen unangemessenen Abstand zu anderen Wartenden gehalten hatte, wurde energisch diskutiert. Beleidigt bot die ehemalige Lehrerin auf Position zwei mit hochrot angelaufenem Gesicht und fast hyperventilierend den Nörglern auf Position fünf und sechs, das halbblinde und annähernd taube Pärchen, ihren Platz an, was zu Protesten der Bio-Fraktion führte. Schließlich beließen es alle bei der alten Reihenfolge, übten sich aber fortan im gegenseitigen Ignorieren.

Pünktlich um zehn Uhr öffnete der Filialleiter die Tür. Sein *„Herzlich willkommen!"* klang derart feierlich und hätte selbst von einem Kapitän, dessen Kreuzfahrtschiff die sogenannte Jungfernfahrt antrat, nicht perfekter intoniert werden können.

Der Erste des Rentnergeschwaders, der mit dem kaschierten Schlafanzug, schlurfte, ohne den Gruß zu erwidern, provozierend langsam an den Tresen und begann umständlich in einem Einkaufsbeutel nach seinem Portemonnaie zu suchen. Trotz intensiver Bemühungen wurde er nicht fündig.

Die Frau, deren Gesichtshaut bei Aufregung massiv durchblutet wurde, murmelte aufgebracht: „Wird das heute noch was?"

Der Kritisierte drehte sich daraufhin verärgert um und versuchte, die anscheinend weiterhin praktizierende Pädagogin mit einem Blick abzumurksen.

Das Bio-Bauern-Paar sah sich ebenfalls veranlasst, Unmut zu äußern. „Das darf doch nicht wahr sein", polterte der Mann los. „So eine ungehörige Person! Mit ein bisschen Vorbereitung ... Kein Wunder, dass die Welt ...!"

„Mausebär, Peace and Love! Reg dich nicht auf. Denk an dein Herz. Das ist der Kerl wirklich nicht wert", beruhigte ihn seine Frau.

Unbeugsam suchte der Gescholtene weiter in den Tiefen seines

Jutebeutels, wurde dann aber von einem Geistesblitz veranlasst, in die Innentasche der Jacke zu greifen. Erfolgreich, wie alle anderen durch ein erleichtertes Aufstöhnen deutlich machten. In Erwartung einer schnellen Bearbeitung rückte das Rentnergeschwader einen Schritt vor. Position zwei, die noch gerne praktizierende Lehrerin, überschritt dabei die Markierung auf dem Boden. „Junge Frau, bitte achten Sie auf den Diskretionsbereich. Wer nicht dran ist, wartet vor dem gelben Strich. Danke!", tönte es hinter dem Schalter, was zu einer kurzen Verwirrung bei der Angesprochenen führte und zu einer abrupten Korrektur ihrer Fußstellung.

Dabei traf sie unbeabsichtigt die Bio-Bäuerin mit der Wirkung, dass diese erschrocken einen Ausfallschritt rückwärts machte. Dem folgte ein markerschütternder Aufschrei des hörgeschädigten Opas und dem zischenden Hinweis auf seine voll ausgebildeten Hühneraugen. Dem Auslöserprinzip gehorchend hätte die unbeholfen agierende ehemalige Lehrerin sich zuerst entschuldigen müssen. Dies blieb aus. Daher sah das Folgeopfer der Kettenreaktion auch keine Veranlassung ihre Ungeschicktheit in bedauernde Worte zu kleiden.

Daraufhin schaltete der Mann mit den Hühneraugen sein Hörgerät stumm und seine Frau nahm aus Protest oder Solidarität ihre dicke Brille ab, wahrscheinlich, um von dem Elend nichts mehr mitbekommen zu müssen. Inzwischen hatte Position eins sein Portemonnaie ausgeräumt und war fündig geworden. Bevor er die Bankkarte aber auf den Drehteller legte, zeigte er der verzweifelt lächelnden Sachbearbeiterin noch Fotos von seiner Enkelin.

Die erneute Verzögerung führte dazu, dass die Gesichtsfarbe des Schreckens jedes Schulhofs einen vollständigen Reifegrad erreichte. „Mensch Opi, komm aus der Hüfte! Wir haben nicht den ganzen Tag Zeit!"

Allgemeines zustimmendes Gemurmel.

„Querulantenpack!", erwiderte der Gescholtene mit leiser aber deutlich vernehmbarer Stimme. Entrüstung lud die Atmosphäre der kleinen Filiale spürbar auf.

In diesem Moment wurde die Eingangstür aufgerissen und ein dunkel gekleideter Mann mit einer schwarzen Sturmhaube auf dem Kopf und einer Waffe in der Hand stürmte den Wartebereich. „Banküberfall! Keine Bewegung! Wagen Sie es nicht, den stillen Alarm auszulösen. Wenn alle schön artig sind, gibt es auch keine Opfer."

Position eins der Reihe, der Mann mit den Fotos der Enkelin, betrachtete kopfschüttelnd den dunkelgekleideten Bankräuber, um sich unbeeindruckt der bleichgewordenen Mitarbeiterin zuzuwenden. „Ich möchte gerne zwanzig Euro abheben."

„Hallo! Ich überfalle gerade die Bank!"

„Was hat der Neger gesagt?", brüllte die Frau ohne Brille dem Mann mit dem ausgeschalteten Hörgerät ins Ohr.

„Der will Geld haben!", brüllte der zurück und ergänzte empört: „Wird ja immer schöner. Nichts tun und dann auch noch vordrängeln wollen."

Daraufhin hielt sich die pensionierte Lehrerin die Ohren zu und protestierte: „Nicht das N-Wort! Bitte, bitte, nicht das N-Wort. Das ist zutiefst rassistisch. Es verbietet sich von selbst, denn es hinterlässt psychologische Narben. Davon werde ich ganz krank."

„Das ist ja auch gar kein Neger oder Schwarzer oder stark Pigmentierter. Wie sagt man heute eigentlich dazu?", fragte die Frau des fast Tauben, nachdem sie ihre Brille wieder aufgesetzt hatte.

„Afroamerikaner!", bemerkte der männliche Teil der Bio-Fraktion genervt.

„Und wenn das ein Chinese wäre? Ein schwarzer Chinese. Sagt man dann Afro-Chinese?", erwiderte die Gescholtene mit nach vorne geneigtem Kopf, was ihren durch die lupenähnlichen Brillengläser vergrößerten Augen etwas Bedrohliches verlieh.

„Entschuldigen Sie, der junge Mann hat weiße Hände. Das kann kein ..." Die Lehrerin überlegte einen Moment lang. Da ihr eine passende Bezeichnung nicht einfiel, ließ sie den Satz offen.

„Ich komme weder aus Afrika, Amerika noch China. Ich bin Bankräuber. Mein Heimatland ist Deutschland. Wenn hier nicht bald Ruhe ist, dann erschieße ich einen von euch."

Ungläubig bis amüsiert betrachteten ihn alle Anwesenden, schwiegen dann aber. Zufrieden für Ruhe gesorgt zu haben, nahm er eine Sporttasche, um sie dem Leiter der Filiale zu geben, der mit erhobenen Händen regungslos hinter der Glaswand stand. Dummerweise kam der schwarz gekleidete Mann aber nicht näher an den Schalter heran, weil keiner der vor ihm Wartenden bereit war, einen Schritt zur Seite zu gehen.

„Vielleicht hat der ja einen Doppelpass. Dann wäre es ein Halbdeutscher", überlegte die Frau mit den dicken Brillengläsern laut.

„Die Nationalität ist doch völlig egal, wenn man bei einem Banküberfall erschossen wird", äußerte der Bio-Bauer und zog verächtlich die Nase hoch.

„Mir ist das nicht gleich! Ich möchte schon wissen, ob der Überfall nur der privaten Bereicherung oder einem höheren Zweck dient", bemerkte die Brillenträgerin.

„Mäuschen, das kann dir doch wirklich egal sein, wenn du tot bist", beruhigte sie ihr Mann, der inzwischen das Hörgerät wieder eingeschaltet hatte. Noch nicht ganz überzeugt gab sie zu bedenken: „Vielleicht ist ja das Kind von dem Herrn krank und er braucht das Geld dringend für eine schwere Operation. Oder er ist ein praktizierender Christ und gibt den Armen von der Beute ab! Junge Menschen arrangieren sich doch gern für Amnesty International, Greenpeace oder für Tiere – *Vier Pfoten* – oder so."

„Du mit deinem Robin-Hood-Syndrom! Entschuldigen Sie junger Mann, für was brauchen Sie das Geld denn?"

„Seid ihr bescheuert? Oder habt ihr heute früh die falschen Pillen eingeworfen? Das ist ein Banküberfall!"

Aufgebracht und leicht perplex trat der Bankräuber energischen Schrittes neben den wartenden Opa, der missbilligend den nagelneuen Zwanzig-Euro-Schein von beiden Seiten betrachtete und ihn dann in Zeitlupe zurück auf den Drehteller legte. „Seien Sie bitte so freundlich und zahlen mir den Betrag in einer kleineren Stückelung aus?"

Dem entsetzten Kopfschütteln der Bankmitarbeiterin folgte ein allgemeines Aufstöhnen der Wartenden.

„Das nennt sich nun Service", fasste der Mann mit dem Hörgerät die Meinung aller anderen zusammen. „Sie werden doch wohl den Schein wechseln können. Das ist ja hier wie bei der Bahn. Versuchen Sie mal, am Fahrkartenschalter Geld zu wechseln."

„Hallo! Das ist ein BANKÜBERFALL!"

Durch die Aufregung in seiner Filiale aufgeschreckt, beschloss der Filialleiter, einen zweiten Schalter aufzumachen. Aufgeregt winkte er dem Bankräuber zu, er möge sich zu ihm begeben. Bevor dieser reagieren konnte, schwenkte der Heckteil des Rentnergeschwaders in Formation an den Nachbartresen.

„Sie standen hinter uns", bemerkte die Bio-Fraktion gleichzeitig und wies das schwerhörige und schlechtsehende Ehepaar an ihren angestammten Platz zurück. Um ihre Forderung zu unterstreichen, schob der Bauer seine Frau energisch vor die geöffnete Luke, hinter der der verzweifelte Filialleiter das Geschehen beobachtete. Allerdings hatten beide die Rechnung ohne den Schrecken des Schulhofs gemacht. Die ehemalige Lehrerin, die nach meiner Ansicht von ihrem Aussehen und ihrem Körperbau mit hoher Wahrscheinlichkeit das Fach Sport gelehrt hatte und offensichtlich Erfahrungen im Rugby besaß, nahm das Gedränge ohne zu zögern an. Gekonnt stemmte sie ihr Körpergewicht gegen die Biofraktion, die mit aufgebrachter Stimme synchron verkündete: „Wir möchten nur kurz für unseren Enkel ein Konto eröffnen."

Daraufhin beschloss der Bankräuber, sich ebenfalls in das Gedränge zu stürzen. Er versuchte, die Sporttasche über die Glaswand zu werfen, was erst beim dritten Versuch gelang.

„Alles in die Tasche! In kleinen gebrauchten Scheinen!"

„Unser Enkel geht demnächst zur Schule. Und immer wenn er eine Eins bekommt, zahlen wir ..."

„In den ersten Klassenstufen sind Zensuren völlig kontraproduktiv", beeilte sich die erfahrene Lehrerin zu intervenieren. „Ich persönlich plädiere bis zur dritten Klasse für ..." Sie beendete den Satz nicht, denn im Eifer des Gedränges traf unvermittelt ihr Ellbogen mit voller Wucht den Solarplexus des Bankräubers. Sofort sackten dem die Knie weg und er schlug lang auf den Teppich.

„Das war ein Foul", brüllte der Mann, dessen Zwanzig-Euro-Schein noch immer im Drehteller lag, den beiden Bio-Rentnern zu. Sie reagierten aber nicht darauf, sondern verkeilten ihre Hände gekonnt in dem schmalen Schlitz und verteidigten somit ihren Anspruch erfolgreich. Eine Pattsituation die Schiedsrichter abzupfeifen pflegten. Schließlich löste sich widerwillig das Gedränge auf. Gemeinsam betrachtete das Rentnergeschwader den am Boden liegenden, nach Luft japsenden Gefoulten.

„Der simuliert nur! Das war eindeutig eine Schwalbe. Typisches Fallobst", bemerkte der Bio-Bauer.

„Total verweichlichte Jugend! Früher waren wir aus einem anderen Holz geschnitzt", ergänzte der Mann mit dem Hörgerät und half dem Gefoulten auf die Füße.

„Das Geld in die Sporttasche! Los! Wenigstens das, was Sie vorne in der Kasse haben", japste der Bankräuber noch sichtlich benommen. Erschrocken bemerkte er, dass ihm bei dem Gedränge die Sturmhaube verrutscht war. Unauffällig zog er sie herunter und bemühte sich ernsthaft zu wirken. „Ich will sofort das Geld haben. Sofort!"

„Ich möchte bitte, heißt das", verbesserte ihn die ehemalige Lehrerin.

„Ihre Waffe schmilzt", bemerkte der Bio-Bauer.

„Ich kenn Sie doch!", entschlüpfte es seiner Frau. „Bist du nicht von der mittleren Schwester unseres Pfarrers, aus deren zweiter Ehe der Enkelsohn? Irgendwas mit Dudeldodel! Quatsch! Nein, Moment! Jetzt hab ich's! Bastian Dudeldödel!"

„Bitte nur Dodel! Bastian Dodel, aber mein Name tut doch jetzt nichts zur Sache."

„Richtig! Der Dodel Bastian. Mensch Basti, du bist ja groß geworden! Du musst siebzehn sein, oder? Früher warst du immer gerne bei uns auf dem Hof, um mit den kleinen Schweinchen zu spielen. Das war so süß!"

„Bastian Dodel? Ach ja. Ich erinnere mich. Zweite Reihe, vorne links", bemerkte die Lehrerin. „Warst nicht gerade die hellste Kerze auf der Torte."

„Und mit meinem Mann hast du Briefmarken getauscht. Mein Gott, wie die Zeit vergeht", erinnerte sich die Brillenträgerin und bekam feuchte Augen.

„Dein erstes Konto hattest du bei uns", rief der Filialleiter, stolz auch etwas beitragen zu können.

Erfreut betrachteten nun alle den Bankräuber, der verlegen die schwarze Haube abnahm. Gleichzeitig versuchte er, die sich auflösende Waffenattrappe hinter dem Rücken zu verstecken. Ungeschickt wischte er sich mit der Hand über den Mund, was einen braun schimmernden Streifen hinterließ.

„Erkenne ich da Schokolade?", erkundigte sich die ehemalige Lehrerin streng und zog dabei bedrohlich die rechte Augenbraue hoch, als hätte sie ein Vergehen in ihrem Unterricht festgestellt.

Basti nickte verlegen und versuchte mit der Zunge die verräterische Spur zu beseitigen. „Rufen Sie jetzt die Polizei?", erkundigte er sich kleinlaut und betrachtete seine Schuhspitzen.

Allgemeines Gelächter. Die Bio-Bäuerin, die ihn erkannt hatte, holte aus ihrer Jackentasche ein Stofftaschentuch und benetzte es mit Spucke. „So kannst du unmöglich zu deinem Onkel gehen."

Entsetzt starrte Basti sie an, hielt aber still.

„Der Nächste bitte!", rief die Mitarbeiterin vom Schalter eins und winkte in der Hoffnung, jemand würde sie wahrnehmen. Inzwischen hatte sie die Geldstücklung für die zwanzig Euro wunschgemäß ausgezahlt und harrte auf weitere Kunden. Die jedoch waren mit dem Austausch von Erinnerungen beschäftigt.

Da niemand reagierte, ging ich an den freien Schalter. Ich grüßte höflich, lächelte freundlich und stellte einen beträchtlichen Sack mit Münzen auf den Tresen, die Einnahmen aus den gestrigen Buchverkäufen.

Mit einem Blick, der vollständiges Unverständnis signalisierte, bemerkte die Mitarbeiterin pikiert: „Einzelne Münzen nehmen wir nicht. Die müssen Sie rollen. Und auch dann machen wir das sehr ungern. Zu oft werden uns Währungen anderer, ich sage mal, weniger finanzstabiler Länder untergejubelt. Verstehen Sie mich bitte nicht falsch, aber Sie sind ja nicht mal von hier."

Des Teufels Hufeisen

Es ist leichter, einen Mann zu finden,
als ihn wieder loszuwerden.
GINA LOLLOBRIGIDA

Die Kurve galt als tückisch. Fremde unterschätzten sie regelmäßig, trotz Warnschild und Geschwindigkeitsbegrenzung. Ein Wunder, das nicht mehr Unfälle geschahen. Die Ortsansässigen nannten die Haarnadelkurve wegen ihrer Form *des Teufels Hufeisen.* Sie befand sich am Fuße einer Anhöhe, kurz vor dem Ortseingang. Auf der Innenseite standen einige verwilderte Büsche und halbhohe Bäume. Ein Teil der Außenseite führte an einem Abhang entlang, geschützt durch Leitplanken. Trotz des miesen Rufs der Kurve hielt das die meisten Bewohner des Ortes nicht davon ab, die vorgeschriebene Geschwindigkeit zu ignorieren.

Auch Gundula Kerner interessierte die Mahnung des Straßenverkehrsamtes ebenfalls wenig. Zum Feierabend musste sie mit ihren SUV hier lang. Fünfmal die Woche. Der Gegenverkehr war von der Anhöhe aus einsehbar und wenn sie die Kurve schnitt, brauchte sie nicht einmal abzubremsen.

Das hatte sie von ihrem Mann Torsten gelernt, als sie noch zu ihm aufgeschaut hatte. Da war sie jung und unerfahren gewesen und wollte auch Tierarzt werden. Sie glaubte, die Liebe ihres Lebens gefunden zu haben. Bei einem Praktikum in seiner Praxis hatte sie die Zuneigung zu den Tieren offensichtlich mit der zu ihm verwechselt. Sicher, er war ein respektabler Mann, wenn auch zehn Jahre älter. Vor allem besaß er ein großes Haus mit Hof und ein beachtliches Grundstück. Doch inzwischen glich ihre Ehe einem ermüdeten Hosengummi, der kurz davor war, zu reißen. Er kümmerte sich mehr um die Hunde, die er aufgenommen hatte, als um sie.

Das vereinbarte Trennungsjahr, um die Ehe doch noch zu retten, hatte sich als sinnlose Zeitverschwendung herausgestellt. Heute war nun der Tag, die Angelegenheit endgültig zu klären. Der Scheidungstermin stand fest. Nur eine Formalität war noch zu besprechen. Entweder die Immobilie wurde verkauft und sie ausgezahlt oder sie übernahm Grund und Boden, was aufs Gleiche hinausließ. Gemeinsam mit ihrem Rechtsanwalt wollte sie Torsten heute zu einer Entscheidung zwingen.

Die drei waren verabredet und Gundula hatte unverhohlen gedroht, sollte er nicht anwesend sein, würde ihr Anwalt den Zwangsverkauf beantragen. Dass ihr Mann im Haus in der unteren Etage seine Praxisräume betrieb, interessierte sie nicht. Auch auf die Frage was mit jenen vernachlässigten Hunden geschehen würde, die er aufgenommen hatte, verschwendete sie keinen Gedanken. Die Zeit, wo sie für das Tierwohl auf die Straße gegangen war, lag längst hinter ihr. Dreimal am Tag mit Hunden spazieren zu gehen, ganz und gar auf Reisen zu verzichten und das eigene Leben nach ihnen auszurichten, kam für sie nicht mehr infrage.

„Ihm bleibt gar nichts anderes übrig, als die Vereinbarung zu unterschreiben", bemerkte der Rechtsanwalt, dem die Nachdenklichkeit seiner Mandantin aufgefallen war und dem der zügige Fahrstil der jungen Frau Sorgen bereitete. Schon die Größe des Geländewagens schüchterte ihn ein. Er selbst besaß nur eine kleine Limousine und gehörte zu jenen Fahrern, die dazu neigten, den Verkehr aufzuhalten. „Bald ist die Sache ausgestanden", sprach er seiner Mandantin Mut zu, die noch Restzweifel zu haben schien. „Da kein Ehevertrag vorliegt, gilt das Teilungsprinzip. Pech für Ihren zukünftigen Ex. Das Leben ist zu schön, um es an Ideale zu verschwenden."

Bis zum Ortseingang war es nicht mehr weit. Gundula fuhr über die Anhöhe. Die Straße war trocken. Um diese Zeit kam selten ein Auto aus der entgegengesetzten Fahrtrichtung. Gekonnt zog sie auf die Gegenspur, um die Kurve optimal anzufahren. Bremsen war nicht nötig.

Plötzlich flog etwas vor ihrer Windschutzscheibe vorbei, ein Ball oder ein rundliches Stück Holz. Gudrun nahm es nur reflexartig wahr. Den Hunden, die ungestüm dem Wurfgeschoss hinterher sprinteten, und sich unerwartet auf der Straße befanden, konnte sie im letzten Augenblick ausweichen. Entsetzt starrten Gundula und der Rechtsanwalt auf die Tiere. Die Hunde ließen sich vom Quietschen der Reifen nicht stören. Auch als der SUV die Leitplanken durchschlug und kurz darauf einige Meter tiefer auf dem felsigen Abhang prallte, interessierten sie sich nur für das geworfene Teil.

Torsten Kerner hatte den Unfall hinter einem der Büsche aufmerksam verfolgt. Wie erwartet, hatte seine Frau das Lenkrad zu heftig nach links gezogen, um auszuweichen. Er wusste, *des Teufels Hufeisen* verzieh keine Fehler. Als Qualm aus dem zertrümmerten Wagen aufstieg, pfiff er zufrieden auf der Hundepfeife. Dann lobte er die Vierbeiner für das perfekte Apportieren, belohnte sie mit Leckerlis und begab sich zurück auf seinen Hof.

Reine Kopfsache

*Als Gott den Menschen erschuf, war er
bereits müde; das erklärt manches.*

MARK TWAIN

Es gehörte zu jenen Eigenarten, die unbewusst stattfanden, und
mit denen sich Adam Stein längst abgefunden hatte: Sobald er
einen neuen Raum betrat, schaute er sich um und nahm alle Details
wahr. Alles genau betrachten und auf Besonderheiten prüfen.

Eine ärgerliche aber ungefährliche Berufskrankheit, wie er sich
schon vor Jahren eingestanden hatte. Die Einrichtung einer Wohnung, die Gestaltung eines Büros oder gar der Zustand des Innen-
raums eines Fahrzeugs verrieten Adam Stein mehr über die Person,
als diese meist bereit war preiszugeben.

Es war sein erster Besuch bei einem Psychologen. Schon deswegen war er aufgeregt, weil er ungern Fremde an sich heranließ, erst
recht nicht, wenn diese in sein Inneres zu schauen vermochten.
Wollte er aber künftig seinen Beruf weiterhin ausüben, bedurfte
es professioneller Hilfe. Auch wenn es ihm widerstrebte, der Termin war notwendig.

Seiner letzten beruflichen Verpflichtung hatte er nicht nachkom-
men können, weil er zu zögerlich gewesen war. Eine unerwartete
Blockade hatte ihn handlungsunfähig gemacht. Dabei war die Herausforderung nicht einmal besonders groß gewesen. Nichts, was
er nicht schon getan hätte. Auch der Termin war ziemlich variabel. Wann hatte er schon mal vierzehn Tage Zeit, um Ergebnisse
zu liefern. Die meisten Verpflichtungen wiesen als Termin mit Vorliebe *gestern* aus.

Dennoch, seine Blockade hatte alles völlig unerwartet verhindert.
Ärgerlich aber korrigierbar, wenn er die Nachfrist einhielt. Adam
Stein gelobte Besserung, wusste aber, dass er seit diesem Versagen
aufmerksam beobachtet wurde.

Als er die Praxis von Dr. Stemmler betrat, nahm Adam Stein die helle und freundliche Gestaltung der Räumlichkeiten mit einem leichten Nicken zur Kenntnis. Es war angenehm kühl. Von den mörderischen Sommertemperaturen war nichts zu spüren. Anmeldung und Wartezimmer waren typisch für diese Branche eingerichtet. Überdimensionale Fotos von offenen Landschaften sollten je nach Krankheitsbild entweder entspannen oder einschüchtern. Während Adam überlegte, zu welcher Gruppe er sich zählte, begrüßte ihn eine braungebrannte lächelnde Sprechstundenhilfe hinter der Empfangstheke überaus freundlich, als gedachte er, die nächsten vierzehn Tage in ein Fünf-Sterne-Wellness-Hotel einzuchecken. Der jungen Frau genügte, dass er seinen Termin angab. Im Kalender stand vermerkt, dass der Patient die Sitzung privat bezahle und wünsche, dass keinerlei Daten von ihm erfasst wurden. Trotz ihrer geringen Berufserfahrung hatte die Sprechstundenhilfe längst begriffen, dass es sinnvoll war, Marotten der Patienten zu akzeptieren, erst recht, wenn es der Doktor anwies.

„Sie bezahlen in bar oder mit Karte?"

Ohne darauf zu antworten, zog Adam Stein drei Fünfzig-Euro-Scheine, die einmal gefaltet und mit einer Büroklammer fixiert waren, aus der Innentasche seines Jacketts.

Die junge Frau zählte nach und wies auf den Quittungsblock. Ein leichtes Kopfschütteln genügte, damit sie verstand.

„Dr. Stemmler erwartet Sie im Behandlungszimmer."

Der Arzt gehörte zu jenen, die die Bilanz ihres Lebens gern der Öffentlichkeit zur Schau stellten. Typ: mein Haus, mein Auto, meine Jacht, meine fünfundzwanzig Jahre jüngere Geliebte. Dass diese nicht nur im Vorzimmer Patienten begrüßte, sondern ihn auch körperlich verwöhnte, hatte Adam Stein nicht nur der ähnlich ausgeprägte Bräunungsgrad verraten.

Der Doktor war vor fünfzehn Jahren nach Mallorca gezogen, wie es auf einer Urkunde an der Wand hieß, und betrieb seine Praxis in Paguera. Seine Ehefrau vertrug anscheinend die Hitze nicht. Sie war blass auf den Bildern vor einer herrschaftlichen Villa. Die

Umgebung erinnerte Adam Stein an den Berliner Wannsee. Reiche, Schöne und Gestresste mussten zu Dr. Stemmlers Klientel gehören. Ansonsten konnte er sich seinen Lebensstandard unmöglich leisten, wie Adam Stein schlussfolgerte.

Als der Psychologe seiner gewahr wurde, streckte er die Hand energisch aus und lächelte ihn freundlich an. Für zweiundsechzig Jahre wirkte der Doktor ausgesprochen fit und gesund, was er auch der beeindruckenden Mallorcabräune zu verdanken hatte. Der Mann war Adam Stein sympathisch, aber das war unwichtig.

Nach den üblichen Fragen über den allgemeinen Gesundheitszustand und ob es in der Familie Schizophrenie oder andere geistig relevante Beeinträchtigungen gab, die alle verneint werden konnten, kam Dr. Stemmler zur eigentlichen Fragestellung: „Was ist der Grund Ihres Besuches?"

Adam hatte zwar auf einem bequemen Sessel Platz genommen, versuchte aber vergeblich, eine entspannte Position einzunehmen. Er zögerte einen Augenblick und war angesichts seiner bedrückenden mentalen Unruhe fast geneigt, das Gespräch vorzeitig zu beenden. Eine innere Stimme erinnerte ihn jedoch an sein Problem und dass er dieses künftig ausschließen musste, wenn er nicht von Sozialhilfe leben wollte.

„Wie soll ich das erklären?", begann er mit gedrückter Stimme zu sprechen. „Vielleicht hilft ein Beispiel. Dartspieler kennen die Angst, nicht loslassen zu können. Mitten im Wettkampf vermögen sie den Pfeil nicht zu werfen, der zwischen ihren Fingern liegt, aus Angst vor dem Versagen. Sie erstarren regelrecht. Immer wieder setzen sie den Wurfpfeil an, um dann im entscheidenden Augenblick nicht die Finger bewegen zu können."

Dr. Stemmler nickte mit ernstem Gesicht und wartete. Als Adam Stein schwieg, erklärte der Arzt mit ruhiger Stimme: „Dartitis nennt man dieses Phänomen unter Fachleuten. Sehr interessant! Ich habe in einer Fachzeitschrift darüber gelesen", ergänzte er und versuchte sich zu erinnern. „Erstmals wurde das Phänomen 1981 von Tony Wood beschrieben, einem ausgemachten Dart-Experten. Glaubt man dem Verfasser des Artikels, kommt das gar nicht so selten vor. Der Spieler starrt auf sein Ziel und blockiert. Gestandene Männer brechen in Tränen aus, unfähig einen Wurf zu machen. Das ist Ihr Problem?"

„Im Prinzip schon, selbstverständlich aber in einem anderen Bereich", bestätigte Stein.

„In einem anderen Bereich?" Dr. Stemmler strich sich nachdenklich über das Kinn. „Im Bogenschießen spricht man von Goldfieber, Schusshitze oder Schussangst. Der Schütze vermag die Mitte der Scheibe nicht mehr anzuvisieren. Und er ist dann auch nicht mehr in der Lage den Pfeil loszulassen. Vom Poolbillard kennt man derartiges Verhalten ebenfalls. Eine wirklich interessante Problematik. Bei Golfern wird das Phänomen als Yips bezeichnet. Das sind plötzliche, unwillkürliche, ruckartige Muskelzuckungen, die insbesondere beim Putten auftreten. Ich selbst habe das an mir noch nie beobachten können. Und glauben Sie mir, ich verfüge über ein respektables Handicap. Es heißt, zuweilen hilft schon der Wechsel eines Golfschlägers. Spielen Sie Golf?"

Adam Stein schüttelte bedauernd den Kopf. „Mir wäre mit einem Rat geholfen, was man allgemein gegen derartige Probleme tun kann."

„Gehe ich richtig in der Annahme, dass Ihre Versagensängste unter Druck auftreten?" Ohne auf die Antwort zu warten, redete er weiter: „Definitiv ist das ein mentales Problem. Ihre Feinmotorik spielt verrückt. Ein Muskel verspannt, ein anderer will Ihnen nicht gehorchen. Sie müssen Ihrem Gehirn einen neuen Weg zeigen. Möglicherweise hilft es, die Technik zu ändern. Oder versuchen Sie es mit Atemübungen. Augen zu, einatmen, Luft anhalten, ein – zwei – drei, ausatmen, Augen auf und los. Sie sind Rechtshänder?"

Ein Lächeln huschte über Adam Steins Gesicht.

„Vielleicht reicht es ja schon, wenn Sie vom rechten auf den linken Arm wechseln. Ich denke, es ist absolut wichtig, dass Sie Ihr Selbstvertrauen wieder aufbauen. Schritt für Schritt. Befreien Sie sich von jeglichem Druck. Versuchen Sie nicht, perfekt zu sein. Dann finden Sie garantiert wieder Spaß an dem, was Sie tun.

Je früher Sie damit beginnen, je eher wird sich die Blockade in nichts auflösen."

Adam Stein erhob sich, nahm seine Aktentasche, stellte sie auf den Sessel und öffnete sie. Erfreut streckte er die rechte Hand aus und sagte: „Danke Doktor, Sie haben mir wirklich sehr geholfen." Dann schloss er die Augen, atmete tief ein, hielt für drei Sekunden die Luft an, atmete mit einem Stoß kräftig aus und öffnete entspannt die Augen. Mit der linken Hand griff er in seine Aktentasche und zog eine Glock mit Schalldämpfer heraus. Ohne zu zögern und mit einer fließenden Bewegung richtete er die Waffe auf den verdutzten Psychologen.

„Dreimal habe ich Ihnen schon aufgelauert. Erstmals im Garten Ihrer Villa. Zweiter Versuch im Hafen Porto Christo, als Sie mit Ihrer Geliebten den Proviant fürs Wochenende auf Ihre Jacht luden. Und gestern, als Sie mit dem Porsche Cabriolet zur Party bei einem Ihrer Kollegen vorfuhren. Egal wie sehr ich mich bemühte, ich vermochte nicht den Finger zu krümmen. Fachleute würden das wohl *Killeritis* nennen. Glauben Sie mir, das ist echt belastend. Es war wie verhext. Dank Ihrer Hilfe ..."

Adam Stein gab sich nicht einmal die Mühe zu zielen und betätigte genussvoll ein dutzendmal den Abzug, bis ein Klicken verriet, dass das Magazin leer war. Schon der zweite Treffer war tödlich gewesen und ließ die Bräune in Dr. Stemmlers Gesicht verblassen. Zufrieden machte Adam Stein ein Foto von dem Opfer und schickte es verschlüsselt an die Adresse seiner Auftraggeberin, Stemmlers Frau.

„Reden Sie mit meinem Mann", hatte sie gesagt. „Er kann Ihnen helfen!"

Mit einem neuen Magazin versehen und den Sommerhit des Jahres summend, öffnete Adam Stein das Vorzimmer und freute sich über die Gelassenheit, die ihn durchströmte. Die Sprechstundenhilfe sah ihn entgeistert an.

Reine Kopfsache, dachte er und bewegte den Finger passend zum Rhythmus der Melodie.

Richtiges Abmurksen für Dummies

Man kann einen Menschen nichts lehren, man kann
ihm nur helfen, es in sich selbst zu entdecken.

GALILEO GALILEI

„Bin ich bescheuert? Warum tue ich mir das an?" Kriminaloberkommissar Fred Tönner starrte fassungslos auf den Bildschirm, strich sich genervt durch die Haare und schüttelte angesichts seiner nachgiebigen Haltung verzweifelt den Kopf. Er war nicht im Dienst, jedoch vom Fach. Wenn jemand Ahnung von der Polizeiarbeit hatte, dann er.

Tönners Frau reagierte auf seine selbstkritische Äußerung mit Augenrollen. Sie vermied es aber, eine Diskussion zu beginnen, wissend, es würde mit einem Vortrag über die Arbeit der Spurensicherung oder dem Aufzählen der Fehler beim Verhör enden. Debatten über den Tatort brachten nichts und führten nur zu Verstimmungen und schlechter Laune.

„Ständig der gleiche unrealistische Mist!" Wütend drückte Tönner auf den Knöpfen der Fernbedienung herum. Weder das Programm ließ sich wechseln, noch der Fernseher ausschalten. Womöglich hatten selbst die Batterien vor lauter Verzweiflung den Geist aufgegeben.

Warum ein Kriminalbeamter überhaupt Krimis schaute, wäre für jeden Psychologen eine spannende Fragestellung. Fleischer verlangte es nach dem Feierabend auch nicht ständig nach eingekochter Blutwurst oder gegrillten Rippchen. Und dass Confiseure wollüstig die Augen verdrehten, wenn ihnen eine Konfektschachtel gereicht wurde, dürfte eher unwahrscheinlich sein.

Es war weit nach Mitternacht. Zwei Kriminalfilme waren eindeutig zu viel. Wütend über die Vorliebe seiner Frau Kriminalfilme zu schauen und der Verweigerungshaltung zweier Batterien sprang Tönner abrupt auf. Im selben Moment wusste er, dass das keine gute Idee gewesen war. Die Bandscheibe zwischen dem vierten und fünften Lendenwirbel reagierte eindeutig zu träge und durchbrach ihren Faserring. Das Ergebnis war ein typischer Bandscheibenvorfall, der seine Anwesenheit mittels eines schmerzverzerrten Gesichts und eines deutlich artikulierten Aufstöhnens kundtat.

Tönners Frau sagte die künftige Diagnose voraus, ersparte ihm aber ein siegreiches Statement: „Hab ich es dir nicht immer vorausgesagt? Zu dick und zu wenig Bewegung."

Ein übermüdeter Arzt in der Notaufnahme verpasste Tönner gähnend zwei Spritzen und beruhigte dessen krimiaffine Hälfte mit einem trägen „Das wird schon wieder!" Er überwies seinen Patienten ins Krankenhaus, Abteilung für Orthopädie.

In der folgenden Nacht schlief Tönner so gut wie gar nicht, auch wenn die Nachtschwester ihm eine doppelte Portion *Träum schön*, wie sie die kleinen niedlichen Tabletten nannte, verpasst hatte.

Es folgte eine dreitägige Untersuchung, bei der man den Kriminalkommissar mit verschiedenen Maschinen durchleuchtete und magnetresonanztechnisch in ungeahnte Tiefen seines Körpers vordrang. In der dröhnenden Röhre fühlte er sich wie ein Gepäckstück, von dem Zöllner wussten, dass darin illegale und gefährliche Fracht verborgen war, die sie aber trotz aller Bemühungen nicht orten konnten. Mitte der Woche fand endlich das entscheidende Gespräch mit dem Chefarzt statt. Seine Frau hatte auf ihre Anwesenheit beharrt. Sie kenne ihn und „Nein. Was von alleine kommt, geht nicht immer von alleine wieder weg."

Zusammengefasst beinhaltete das Gespräch mit dem Oberorthopäden den dringenden Hinweis, er möge zeitnah einer Operation zustimmen. Alle anderen Therapien wären in seinem Fall reine Zeitverschwendung, es sei denn, er betrachtete einen Rollstuhl als eine echte Option.

Nach den deutlichen Worten fiel Tönner die Entscheidung nicht schwer, zumal seine Frau bedrohlich die Arme über der Brust verschränkte, ein Zeichen, das er nach dreißig Ehejahren als *absolut uneinsichtig* klassifizieren konnte.

Die OP verlief ohne Probleme. Die anschließende Therapie begann kurz darauf in einer Klinik in Wandlitz, in der Nähe der ehemaligen Wohnsiedlung der SED-Parteiführung der DDR. Das interessierte Tönner jedoch nicht, zumal sein Tag komplett durchgeplant war und er ständig Übungen zur Stärkung der Rückenmuskulatur und seiner geistigen Mentalität machen musste. Schwestern, Pfleger und das therapeutische Personal behandelten ihn so, als gehöre er zur Fraktion störrischer Rentner, die entweder ständig illegal das Gelände verließen oder mit ihren Medikamenten einen lukrativen Schwarzhandel betrieben. Regelmäßig sprach man zu laut mit ihm, als wäre er schwerhörig. Die kommenden Maßnahmen erklärten sie mit schlichten Worten, als säße ein früh vergreistes Kind auf dem Patientenstuhl. Immer wieder tätschelten sie seine Schultern, als wollten sie damit sagen: „Opi, wir schaffen das! Wenn Sie ordentlich mitmachen und sich Mühe geben, dann wird das schon wieder."

Hinter ihrer freundlichen Fassade standen allerdings deutlich erkennbar Bedenken, ob die Behandlung überhaupt erfolgreich sein würde und wenn ja, ob sie ökonomisch gesehen vertretbar war.

Sicherlich, er hatte nur noch drei Jahre bis zu seiner Pensionierung, dennoch empfand er die Behandlung als unangemessen und in einem gewissen Grade entwürdigend.

Einzig Roman Patzkowsky, ein junger Masseur, der regelmäßig die Verspannungen aus seiner Rückenmuskulatur walkte, behandelte ihn respektvoll und begrüßte ihn bei jedem Termin höflich mit *Herr Kriminaler*. Ein aufmerksamer und freundlicher Mensch. Schnell kamen sie ins Gespräch, unterhielten sich über Gott und die Welt. Beide stellten übereinstimmend fest, Kriminalfilme, insbesondere Kriminalserien seien von Grund auf unrealistisch.

„Am meisten regt mich auf", bemerkte Tönner wohlig stöhnend, während Roman die Schultern mit seinen kräftigen Händen bearbeitete, „wenn ein Kommissar, nachdem die Spurensicherung ihre Arbeit abgeschlossen hat, über den Tatort schlendert, in irgendeine Ecke schaut und dort das alles entscheidende Beweisstück findet. Idealerweise ein Portemonnaie mit den Papieren des Mörders."

Roman lachte. „Das ist so, als würde der Täter ein unterschriebenes Geständnis zwischen die Zehen der Leiche klemmen."

Tönner prustete bei der Vorstellung, schaute kurz auf und schüttelte den Kopf. „Letzte Woche wollte der Tatort den Zuschauern glaubhaft machen, dass es mehrere Monate dauert, einen Täter zu verhaften, der in aller Öffentlichkeit mit seinem Opfer in Streit geraten war. Der Mörder hat ihn anschließend in dessen Wohnung aufgelauert und mit einem Küchenmesser erstochen, das er extra für die Tat aus eigenen Beständen mitgebracht hatte. Siebenunddreißig Stichwunden. Guinnessbuch verdächtig." Tönner verdrehte genervt die Augen und ergänzte: „Selbstverständlich lässt der Kerl das Messer am Tatort fallen, natürlich mit seinen Fingerabdrücken, läuft in aller Ruhe mit besonders exotischen Wanderstiefeln mehrfach durch die Blutlache und hinterlässt Abdruckspuren in der ganzen Wohnung. Dann bemächtigt er sich auch noch einer Trophäe, einem seltenen Ring, und natürlich wirft er weder seine blutverschmierten Sachen, geschweige denn die eingesauten Schuhe weg. Und was macht der verantwortliche Kriminalbeamte?" Fred Tönners Stimmlage wurde immer verzweifelter. „Er folgt der Spur eines imaginären Gärtners, weil er auf dem Fensterbrett einen üppig blühenden Blumentopf entdeckte, der, nach Überzeugung eines Nachbarn, angeblich vor der Tat dort noch nicht gestanden hatte. Ich könnte heulen!"

„Haben denn die Tatortkollegen den Mörder überführt?", fragte Roman und wischte mit einem Handtuch über Tönners Rücken, um das überschüssige Öl aufzunehmen, was das Ende der Massage bedeutete.

Träge aber entspannt richtete sich Tönner auf, nickte dankend dem Masseur zu und griff nach seinem Hemd. „Kommissar Zufall hat den Fall gelöst. Der Mörder ist auf dem Rückweg nicht nur zu schnell gefahren, sondern wurde auch noch beim regelwidrigen Überqueren einer Kreuzung geblitzt. Den alles entscheidenden Hinweis hat eine junge, hübsche, blonde und vor allem aufmerksame Beamtin der Abteilung Rotlichtdelikte gegeben, als sie am Nachbartisch in der Kantine ein paar Wortfetzen der ermittelnden

Beamten aufschnappte. Alles andere war für den Fernsehkommissar nur noch ein Kinderspiel. Mit diesem stichhaltigen Beweis konfrontiert, bricht der Mörder sofort theatralisch zusammen und gesteht." Tönner machte eine wegwerfende Handbewegung, die das Thema beendete.

„Vielleicht sollten Sie mal einen Ratgeber fürs Fernsehen und für Schreibtischtäter verfassen: *Morden für Anfänger* oder *Um die Ecke bringen leichtgemacht, Richtig Abmurksen für Dummies.*" Beide lachten.

Die Idee, einen Ratgeber für die mörderisch kreative Zunft zu schreiben – wie man einen Menschen erfolgreich und unerkannt ermordet –, ließ Kriminaloberkommissar Fred Tönner keine Ruhe. Schon in der kommenden Nacht begann er, eine grobe Struktur zu skizzieren. Um es nicht zu kompliziert zu machen, unterschied er drei grundsätzliche Motivationen.

Erstens: Herbeiführen eines Todes ohne direkte Beziehung. Er dachte an Fremde, Gelegenheitsmorde und an Verbrechen, die der schlichten Bereicherung dienten.

Zweitens: Personen töten, die man zwar kannte, wie Kollegen, Nachbarn oder Vereinsmitglieder, die aber nicht übermäßig beziehungsrelevant waren.

Drittens: Ermordung von Familienmitgliedern, Freunden und sonstigen Personen, zu denen eine enge Beziehung besteht. Dies war die weitaus komplizierteste Gruppe.

Roman beglückwünschte ihn zu seinem Vorhaben und schien erfreut zu sein, über die Ankündigung, mit einer Widmung auf der vorletzten Seite erwähnt zu werden. Die nächste halbe Stunde entwickelte sich zu einer Art Brainstorming, wobei natürlich auch die Massage nicht zu kurz kam. Der obere Bereich des Rückens musste bearbeitet werden. Da Muskelkater den Kriminaler plagte, ließ es der Masseur ruhiger als den Tag davor angehen.

„Mir schwebt als erstes Kapitel etwas Grundsätzliches vor. *Motive verschleiern* oder so", erklärte Tönner. „Danach könnte das umfassende Thema *Spuren vermeiden* behandelt werden. Vielleicht mit Unterpunkten und Motivationsblöcken, zum Beispiel für Fingerabdrücke: *Berühre nichts, was dir nicht nützt! Handschuhe sind dein Freund und Helfer!* Außerdem dachte ich auch an Eselsbrücken, wie wir sie in der Schule gelernt haben: *Sind verstreut im Haus Fingerabdrücke deiner Hand, hilft nur ein Brand!* Mal ins Unreine formuliert."

Einen Augenblick hörte Roman auf, seine Finger kreisen zu lassen. Dann schlug er vor, nach jedem Kapitel unbedingt eine Checkliste anzuhängen, wo detailliert alle Punkte gelistet waren. Zum Beispiel *Autokennzeichen tauschen, Reifen wechseln, Kofferraum aussaugen.*

Tönner nahm die Ideen dankbar auf, verwies aber gleichzeitig darauf, dass es mehrstufiger Verfahren bedurfte, um nicht wegen Folgefehlern überführt zu werden. Den Kofferraum auszusaugen, könnte nur der erste Schritt sein. Anschließend müsste der Staubbeutel entnommen und dieser an einem sicheren Ort entsorgt werden. Außerdem müsste der Staubsauger unverdächtig bleiben. Perfekt wäre es, einen früher verwendeten Staubbeutel zwischenzulagern, und diesen dann nach der Tat in das Sauggerät zu integrieren. Ein fabrikneuer und somit leerer Beutel würde nur unnötig Fragen provozieren. Kriminalbeamte hätten für derartige Versäumnisse einen Blick und ihre Erfahrungen sollten grundsätzlich nicht unterschätzt werden.

Roman war erstaunt und nickte ehrfurchtsvoll. „Es gibt so viele Details, die zu beachten sind. Unglaublich! Ich bewundere Sie."

Angespornt durch das Lob des Masseurs führte Tönner weiter aus: „Trapse zum Beispiel! Sie glauben nicht, wie viele Täter überführt werden, weil Haare, Blutreste oder Hautschuppen Auskunft geben. DNA ist ein echtes Problem. *Trapse sind Brunnen der Wahrheit.* Wer sich damit nicht auskennt, sollte lieber auf sein Vorhaben verzichten."

Angesichts der Vielzahl der zu beachtenden Faktoren stöhnte Roman bedenklich auf.

„Na, so schlimm ist es auch wieder nicht. Es gilt, ein paar Dinge zu beachten. Vor der Tat ordentlich duschen. Anschließend Körper mit fettiger Creme einschmieren, damit man keine Hautschuppen verliert. Schutzanzüge mit verschnürbarer Kapuze gibt es schon für wenige Euro im Internet zu kaufen." Tönner legte eine kurze Pause ein. „Und was muss man dabei beachten?"

Einen Augenblick überlegte Roman, dann lächelte er. „Niemals über den persönlichen Account bestellen und Waren an die eigene Adresse liefern lassen."

Bei der nächsten Aktivität, Wassergymnastik, kam Fred Tönner mehrfach aus dem Rhythmus, weil er ernsthaft überlegte, wie er die lächerliche Person am Beckenrand unauffällig umbringen würde – theoretisch natürlich nur.

„Ich bin Sina Albrecht und in den nächsten drei Wochen ihre Bewegungstherapeutin!", hatte sich die junge Frau vorgestellt, Schwimmnudeln verteilt und mit einem militärischen Unterton alle Teilnehmer ins Becken befohlen. Die Frau erinnerte Tönner unweigerlich an Modelle von Peter Paul Rubens. Da dies rein historisch nicht möglich war, verortete er sie lächelnd in eine Liga für weibliche Sumokämpferinnen. Der Vollständigkeit halber gab er ihr, dem heiligen Sport gegenüber wenig ehrerbietig, den Namen Yokosina.

Bewaffnet mit seiner pinkfarbenen Schaumstoffrolle war auch er ihrer Anweisung gefolgt und hatte sich, wie alle anderen Reha-Teilnehmer, in einer Reihe aufgestellt. Nach wenigen Übungen war der Gedanke an Mord unwillkürlich seinem Hirn entsprungen. Sicherlich eine rein pragmatische Überlegung, die er im Interesse des künftigen Ratgebers minutiös durchspielte. Während er mühsam die Knie anzog und streckte, schwor er sich, das Thema Gewicht als besonderen Aspekt zu behandeln. In Gedanken formulierte er den wichtigen Ratschlag: *Grundsätzlich sollte der Täter in der Lage sein, das Opfer ohne fremde Hilfe bewegen zu können.*

„Und eins und zwei und drei ... Arme gleichmäßig kreisen. Beine anziehen. Etwas höher bitte. Legen Sie die rechte Hand auf die linke Schulter des Nebenmanns oder der Nebenfrau und stampfen, stampfen, stampfen ..."

Offensichtlich hatte Yokosina eindeutig zu viele Aerobic Videos aus den Achtzigern gesehen. Für unter Rückenschmerzen leidende Patienten war ihre aufgesetzte gute Laune kaum zu ertragen.

Beim Mittagessen, das offensichtlich nur dazu diente, das Verlangen nach einer frühzeitigen Entlassung zu fördern, vermerkte Tönner in seinem neuen Notizbuch, das er sich eigens für sein Vorhaben gekauft hatte: *Ist das Opfer noch so dumm, bring es nie im Fruste um!*

Mit etwas mehr Ernsthaftigkeit schrieb er in die nächste Zeile: *Um einen Mord erfolgreich zu begehen, ist eine sorgfältige Planung spontanen Affekthandlungen vorzuziehen. Kommt es dennoch zu einer Situation, die nicht vorausssehbar war, zum Beispiel eine unerwartete Begegnung mit einem Zeugen, sollte grundsätzlich an dem ursprünglich definierten Vorgehen festgehalten werden. Es ist immanent wichtig, Probleme nacheinander zu lösen. Abweichungen provozieren zwangsläufig Fehler. Dennoch muss man sich zeitnah um Zeugen kümmern. Behält man in einer kritischen Situation einen kühlen Kopf, kann das Vorhaben erfolgreich beendet werden. Lassen Sie nicht zu, dass Ihr Gewissen Ihnen einen Strich durch die Rechnung macht. (Siehe Punkt Täuschungen und Irreführungen)*

Nach der Hälfte des Reha-Aufenthaltes folgte der obligatorische Termin bei einem in die Jahre gekommen Arzt, der sich Spezialist nannte und dessen Untersuchung nach Aktenlage erfolgte. Der Mann war Tönner von Anfang an unsympathisch, zumal es auf den Gängen der Klinik hieß, der Doktor habe als Militärarzt gearbeitet und würde die verbleibende Zeit bis zur Rente auf einer Arschbacke abdienen. Viel erwarten sollte man nicht von dieser Kapazität.

Wie erwartet bestätigte der ehemalige Stabsarzt mit ernstem Gesicht die Diagnose seines Vorgängers. Der Vollständigkeit halber prüfte er den Blutdruck und den Puls. Anschließend nuschelte er etwas von „Gewinde ab".

Tönner versuchte ernsthaft, hinter den Sinn der unartikulierten Worte zu kommen. Als ihm das aber nicht gelang und er den Arzt fragend ansah, wiederholte dieser die Frage: „Gewinde ab?"

Tönners noch verzweifeltere Mimik ließ den ehemaligen Sanitätsoffizier nun besonders langsam, laut und deutlich die Frage formulieren: „Ge-hen Wi-nde ab?" Tönners Reaktion würde in einem Vernehmungsprotokoll der Polizei mit aufbrausend umschrieben werden. „Ich bin wegen Rücken hier, nicht wegen Blähungen!" Wütend hatte er geschlussfolgert, dass es weit mehr Mordmotive geben könnte, als in den einschlägigen Fachbüchern aufgelistet sei. Zumindest Totschlag im Affekt musste um den Punkt medizinische Ignoranz ergänzt werden.

Von seiner Mentalität her war Tönner ein ruhiger Mensch, der Kontakt zu anderen eher vermied. Er war nicht unhöflich, aber tat selber nichts dafür, ein Gespräch am Leben zu halten. Fragte man ihn, gab er Antworten, ohne jedoch durch Gegenfragen Interesse zu bezeugen. Wohlwollende Mitpatienten erkannten das nach kurzer Zeit und beließen es bei freundlichen Begrüßungen am Tagesanfang. Für Tönner waren die täglichen gemeinsamen Mahlzeiten ein Graus. Ihm war ein Tisch in der Nähe des Eingangs zugeteilt worden, den er sich mit drei weiteren Patienten teilen musste. Während die beiden älteren am Tisch sich vorwiegend über den aktuellen Stand ihrer Krankheiten austauschten, war der jüngere, den er auf Anfang vierzig schätzte, ständig bemüht, sich von seiner schlechtesten Seite zu zeigen. Tönner kannte derartige Egomanen zur Genüge. Typen, die alles besser wussten, für jedes Problem die richtige Lösung kannten und in allen Belangen unfassbar erfahren waren. Kaum dass sich der Kerl vorgestellt hatte, erkannte Tönner, welche Sorte Mensch mit ihm am Tisch saß. Ohne auch nur eine Frage gestellt zu haben, hätte er ein vollständiges Profil seiner Persönlichkeit erstellen können. Dreimal täglich musste er diesen unangenehmen Mitbürger ertragen. Tönner hasste die Begegnungen und war jedes Mal froh, wenn er sein Geschirr in die Ablage stellen und wieder in seinem Zimmer verschwinden konnte.

Die drei Wochen Therapie vergingen dank der ausführlichen Gespräche mit Roman schneller, als Tönner es erwartet hatte. Zwar plagten ihn weiterhin Schmerzen, aber diese vermochte er auszuhalten. Und wenn er an seinem Buch saß, um das Einmaleins des richtigen Mordens um weitere Passagen zu ergänzen, vergaß er sie schnell.

Roman hatte sich als ausgesprochen hilfreich erwiesen und jedes einzelne Kapitel auf Vollständigkeit, logische Zusammenhänge und Verständlichkeit kontrolliert. Entstanden war quasi eine Pflichtlektüre für Autoren und Filmschaffende, ein Garant dafür, dass künftig keine unlogischen und weltfremden Konstrukte Krimifreunde quälten.

Endlich wieder zu Hause begann Tönners Frau energisch sein Leben neu zu strukturieren, was sich in drei Bereichen bemerkbar machte.

Erstens: Reduzierung des Körpergewichts. Es gab nicht nur kleinere Portionen zu essen, diese bestanden auch noch überwiegend aus vegetarischen Bestandteilen.

Zweitens: Umstellung der Ernährung auf ein gesundes, ausgewogenes Maß. Ab sofort diente jede Mahlzeit dazu, das körperliche oder seelische Ungleichgewicht auszugleichen. Nach jahrzehntelanger Ignoranz galt es, den Körper zu entgiften und die Selbstheilungskräfte zu aktivieren. Tönners Frau hatte während seiner Abwesenheit diverse ayurvedische Fachliteratur gelesen und war zu der Erkenntnis gelangt, ihr Mann sei ein Vata-Typ und dürfe daher keine blähenden Speisen wie Kohl oder gereiften Käse essen. Sie dagegen gehöre der Gruppe der Pitta-Menschen an und müsse auf alles verzichten, was scharf, sauer oder zu salzig war. Ergo kombinierte sie die beiden Erkenntnisse und servierte ausschließlich Speisen, die mit dem Attribut *nüchtern* umschrieben werden konnten.

Drittens und Schlimmstens: tägliche Spaziergänge – mindestens zehntausend Schritte pro Tag. Dazu hatte sie ihm einen Fitness-Tracker gekauft, der jeden gelaufenen Meter akribisch aufzeichnete und der es ihr ermöglichte, mit ihrem Smartphone zu prüfen, ob er sich an die Vorgabe hielt.

Am dritten Tag nach der Reha überarbeitete Tönner das schwierige Kapitel *Ehepartner glaubhaft verunfallen lassen*.

Einen Monat später war er mit dem Ratgeber fertig. Eine letzte Prüfung auf Verständlichkeit der anspruchsvoll fachlich geschriebenen Kapitel überließ er Roman Patzkowsky. Der Masseur gratulierte ihm freundlich zu seinem gelungenen Werk und hatte nichts daran auszusetzen. Dieses Buch würde das Ende schlechter Kriminalgeschichten sein, seien sie nun literarisch oder cineastisch umgesetzt.

Er freue sich zwar sehr über die Danksagung auf der vorletzten Seite, eine Geste, die er zu würdigen wisse. Dennoch würde er gerne darauf verzichten.

Tönner mochte die Bescheidenheit des Masseurs, bestand aber auf dessen Erwähnung.

Sonntag war Tatort-Tag. Woche für Woche. Auch der Bandscheibenvorfall hatte daran nichts geändert. Zwar sah Tönners Frau durchaus ein, dass die neunzig Minuten für ihren Mann eine Herausforderung waren, verzichten wollte sie dennoch nicht darauf. Er könne sich ja mit anderen Dingen beschäftigen. Mit einer auffordernden Handbewegung deutete sie auf ein dickes Buch, das auf dem Couchtisch lag. *Rückenschule – Übungen zur Stärkung der Muskulatur und zur besseren Körperwahrnehmung.*

Verzweifelt ging Tönner in sein Arbeitszimmer und überlegte, ob es je einen Mordfall gegeben habe, bei dem jemand mit einem dreihundert Seiten dicken Hardcover erschlagen worden war.

Pünktlich zum Tatortbeginn klingelte es an der Wohnungstür. Da seine Frau keinerlei Anstalten machte aufzustehen, öffnete Tönner und staunte nicht schlecht, als Roman in einem weißen Schutzanzug auf dem Abtreter stand und eine Pistole mit Schalldämpfer auf ihn richtete.

„Entschuldigen Sie die späte Störung. Aber ich glaube, jetzt ist der beste Zeitpunkt."

Tönner schaute seinen Reha-Masseur ungläubig an.

„Kapitel zwölf: *Kapitalverbrechen sollten zu einem Zeitpunkt erfolgen, in denen möglichst keine Zeugen anzutreffen sind oder diese durch andere Dinge abgelenkt werden.*' Glauben Sie mir, auch wenn Sie mich oft genervt haben, mit Ihren ständigen Hinweisen auf Spurenvermeidung, Folgefehler, Beweisvernichtungen und so weiter, ich kann Ihnen gar nicht genug danken, weil Ihr Ratgeber so wertvoll ist."

Tönner versuchte, hinter den Sinn der letzten Worte zu kommen.

„Ohne Ihr Fachwissen hätte ich meine Frau niemals glaubhaft um die Ecke bringen und es für die Polizei wie einen bedauerlichen Unfall aussehen lassen können. Dank Ihres *Leitfadens für richtiges Morden* war das absolut kein Problem."

Auch wenn Tönner sich von dem Lob geschmeichelt fühlte, die Erkenntnis, dass das Buch nicht nur für Autoren und Filmschaffende, sondern auch für Mörder geeignet war, ließ ihn bedauernd aufstöhnen. „Daran hab ich überhaupt nicht gedacht. Wie ärgerlich!", resümierte er.

„Verstehen Sie mich nicht falsch, es ist wirklich ein gelungenes Werk, aber es darf niemals erscheinen", sagte Roman und richtete langsam den Lauf der Pistole auf das Herz des Kriminaloberkommissars. „Eine Erwähnung meines Namens dürfte bei den Beamten jede Glaubwürdigkeit massiv infrage stellen. Die Kriminalbeamten würden garantiert meinen Plan durchschauen. Tut mir echt leid."

Fred Tönner verstand und hatte dem nichts hinzuzufügen.

Nachdem Roman Patzkowsky seinen finalen Schuss abgegeben und dem Kommissar fast liebevoll geholfen hatte, auf den Teppich des Flurs zu sinken, lauschte er auf die Geräusche aus dem Wohnzimmer. Tönners Frau schien nichts bemerkt zu haben und konzentrierte sich auf die Befragung eines Verdächtigen.

„Der Tatort am Sonntag ist ihr heilig, da kann sogar die Welt untergehen. Ich habe noch nie erlebt, dass sie in dieser Zeit auch nur einmal ihren geliebten Sessel verlassen hat", hatte der Kommissar bei einer der Massagen geklagt. Roman schmunzelte bei dem Gedanken und schaute auf die Uhr. Ihm blieb gut eine

Stunde. Zufrieden zog er eine Checkliste aus seinem Ärmel und studierte sie aufmerksam. Unter der Überschrift *Beweismaterial vernichten* stand:

1) Manuskript einsammeln
2) Notizbuch einpacken
3) Festplatte löschen
4) E-Mails löschen
5) Kontaktdaten löschen
6) Papierkorb prüfen (Computer)
7) Papierkorb prüfen (Schreibtisch)
8) Oberste Blätter der Schreibablage abtrennen
...
...
...
318) Hautschuppen und Haar eines Fremden verteilen

Wünsche sind Schall und Rauch

Liebe ist nicht das, was man erwartet zu bekommen,
sondern das, was man bereit ist zu geben.

KATHARINE HEPBURN

Nachdem Karl Brunner die Kaffeetasse gelehrt und mit einem letzten Blick auf die Wettervorhersage die morgendliche Zeitungsschau beendet hatte, schaute er zu seiner Frau Elisabeth. Noch war sie mit der Lektüre der Werbebeilagen beschäftigt, was ihn aber nicht davon abhielt, ihr eine Frage zu stellen. „Was wünschst du dir eigentlich zum Geburtstag?"

Die Frage war simpel. Seit fast vierzig Jahren stellte er sie immer Mitte August, um genug Zeit zu haben, ihrem Wunsch zu entsprechen. Üblicherweise formulierte sie eine klare Erwartung. Nichts Besonderes, Kleinigkeiten nur, die zu besorgen ihn nicht überforderten. Elisabeth konnte sich darauf verlassen, dass sie bekam, was sie sich wünschte. Ein bequemes und beidseitig befriedigendes Verfahren, das Enttäuschungen ersparte.

In diesem Jahr war das anders. Kaum hatte er die Frage gestellt, antwortete sie klar und deutlich artikuliert: „Blauen Eisenhutextrakt."

Verwundert betrachtete Karl seine Frau. Blauer Eisenhut galt als die giftigste aller Pflanzen, die auf deutschem Gebiet wuchsen. Alles an ihr war giftig. Gärtner empfahlen, Handschuhe anzuziehen, wenn man dieses krautige Hahnenfußgewächs in den Boden pflanzte. Bereits zwei Gramm der Wurzel führten zum Exitus, hatte Karl in einer Gartenzeitung gelesen. Allerdings wurde es in der Medizin verwendet, jedoch verdünnt und nicht als Extrakt.

Da Elisabeth nicht so aussah, als habe sie einen Witz gemacht, fragte er vorsichtig nach: „Geh ich richtig in der Annahme, dass es nicht darum geht, ein wie auch immer geartetes Leiden zu bekämpfen?"

Abrupt legte sie die Werbung auf den Tisch, fixierte die Hecke zum Nachbargrundstück und antwortete mit Nachdruck: „Doch, genau darum geht es. Ein Leiden zu eliminieren."

Ihr Blick zum Grundstück des Nachbarn ließ Karl Schlimmes schwanen. Holger Wilk lebte dort, besser gesagt, hauste. Seine Vorstellung von Freiheit zeigte er der Welt dadurch, dass er alles, was möglicherweise noch einmal verwendet werden konnte, aufbewahrte. Der Mann war ein Messie, wenn auch ein organisierter. Das Grundstück war voll mit alten Motoren, rostigen Karosserien und in beachtliche Höhen gestapelte Reifen. In den Schuppen befanden sich unzählige Kisten mit alten Ersatzteilen. Der Mann war ein Bastler, der seine Erfüllung im Restaurieren alter Fahrzeuge fand.

„Ich habe die Nase voll von unserem nervigen Nachbarn. Dieser Unmensch bringt mich noch mal ins Grab. Und da dieser zähe Hund nicht gedenkt, in absehbarer Zeit vor mir in die Kiste zu wandern, halte ich es für das Beste, wenn ich da ein bisschen nachhelfe."

Karl hob beschwichtigend die Hände. „Lieschen, du weißt schon, Derartiges nennt man Mord!"

Sie zuckte mit den Schultern, als wäre sie bei Rot über die Straße gegangen oder hätte im Supermarkt von den Weintrauben genascht. „Nun übertreibe nicht gleich wieder. Betrachte es doch als Ausgleich. Seine Lebensspanne wird reduziert, die meinige verlängert. Durchschnittlich gesehen ändert sich da gar nichts."

„Was wirfst du ihm denn vor?"

„Unangemessene Geräusche!", antwortete sie sofort.

„Unangemessene Geräusche? Was denn für Geräusche?"

„Pupse. Der Mann pupst in einer Tour."

Karl schien amüsiert: „Ich glaube nicht, dass ein Richter sich deiner Einschätzung anschließt. Mord ist Mord!"

Offensichtlich war Elisabeth nicht seiner Meinung. „Kein Mord ohne Motiv. Ich bereichere mich nicht. Ich bin nicht eifersüchtig. Verschmähte Liebe kommt somit nicht infrage. Holger bekommt weniger Rente als ich. Neid fällt also auch aus. Religiösen

Fanatismus kann man mir auch nicht unterstellen und Machtstreben erst recht nicht. Es geht um Selbsterhaltung und nicht um niedere Beweggründe. Mord ohne Motiv! Also keine Anklage."

„Du willst unseren Nachbarn vergiften, weil er unangemessene Geräusche von sich gibt?"

„Ein Ruhebedürfnis ist kein Mordmotiv!", fauchte Elisabeth angesichts der Uneinsichtigkeit ihres Mannes wütend.

„Hass aber schon", konterte dieser, noch immer amüsiert.

„Das hat mit Hass nichts zu tun. Ich will lediglich meine Ruhe haben, wenn ich auf der Terrasse sitze. Ich möchte nicht ständig von unserem Nachbarn anflatuliert werden. Ich habe keine Ahnung, was der in sich hineinfuttert, aber andauernd entfleuchen ihm Töne. Gestern habe ich ihn darauf angesprochen und weißt du, was Holger geantwortet hat? *Wer keine Miete zahlt, fliegt raus.*"

Karl lachte kurz auf, verstummte aber, als er dem strengen Blick seiner Gattin begegnete. „Entschuldige bitte, aber das kann doch unmöglich sonderlich laut sein. Lärmbelästigung fängt bei fünfundfünfzig Dezibel an. So lärmend sind Holgers Blähungen definitiv nicht. Außerdem bist du mit deinem Ohr ja nicht direkt an der Schallquelle. Solche Geräusche musst du einfach verdrängen."

„Du hörst ja nur, was du hören willst. Und wieso muss ich immer alles verdrängen? Außerdem ist das eine extra-aurale Lärmwirkung. Ich habe mich erkundigt. Derartige Zumutungen hinterlassen sozusagen seelische Schäden."

„Du verkneifst dir doch so ein menschliches Bedürfnis auch oft genug. Zum Beispiel, wenn du einen Blähbauch hast. Wenn deine albernen Serien im Fernsehen laufen, nimmst du dir garantiert nicht die Zeit, auf die Toilette zu gehen. Ich höre doch die akustischen Signale in deinen Gedärmen."

Elisabeth rümpfte die Nase. „Erstens: Das hat nichts mit der Belästigung unseres Nachbarn zu tun. Zweitens: Toilettenbesuche spare ich mir grundsätzlich für die Werbepause auf. Und drittens: Was heißt hier alberne Serien?"

Entschuldigend hob Karl beide Hände. Darüber zu diskutieren brachte nichts. Mit den Jahren war er aus Erfahrung klug geworden. „Ich meine, dieses Gluckern, Blubbern und Rumoren in deinem Bauch ist unüberhörbar und sagt doch eindeutig, dass du dir da was verkneifst."

„Aber ich pupse nicht in aller Öffentlichkeit."

„Du kannst unmöglich jemanden umbringen, nur weil er Flatulenzen hat."

„Wenn ich aufs Örtchen gehe, mache ich jedes Mal das Fenster zu, um niemanden zu belästigen. Außerdem röhre ich nicht wie ein Hirsch. Und wenn es sich wirklich nicht vermeiden lässt, dann ... es geht auch wie bei einer Stotterbremsung. Riecht nicht so und ist definitiv weniger laut."

„Du meinst Intervallpupsen?" Karl grinste und spitzte die Lippen, verzichtete aber darauf, die Tönchen zu imitieren.

„Gestern hat Holger elfmal. Ich habe mitgezählt. Der längste dauerte fast drei Sekunden, variiert in verschiedenen Tonhöhen. Abgesehen davon stand der Wind ungünstig. Ich finde, das ist eine Gefährdung meines Lebens, zumindest der Gesundheit. Da gibt es doch einen Paragrafen: Notwehr, individuelles Selbstverteidigungsrecht oder so ähnlich."

Karl schaute abwechselnd zu seiner Frau und zum Grundstück des sich nicht beherrschenden Nachbarn. „Ich weiß nicht." Verunsichert holte er sein Smartphone aus der Hemdtasche und tippte darauf herum.

Elisabeth nahm die noch nicht studierten Werbeprospekte und blätterte lustlos darin. Beide hingen ihren Gedanken nach.

„Wusstest du, dass es Menschen gibt, die mit Pupsen Geld verdienen?", unterbrach Karl ihr Schweigen. „Sogenannte Kunstfurzer. Vielleicht ist Holger ja ..."

„Karl, du spinnst! Du willst mich bloß wieder ärgern!"

Mit ernstem Gesicht und mühsam beherrschter Stimme las der Gescholtene von seinem Smartphone vor: „Roland der Furzer war im mittelalterlichen England am Hofe von König Heinrich dem Zweiten Kunstfurzer. Ein gern gesehener oder besser gesagt gehörter Hofnarr, der seinen Schließmuskel perfekt beherrschte. Der Kerl konnte Melodien pupsen. Einmal im Jahr, am Tag der Geburt des Herrn, war er verpflichtet, beim Weihnachtsumzug, ‚unum saltum et siffletum et unum bumbulum', seine Kunst vor dem König und seinem Gefolge vorzuführen. Ein Sprung, ein Pfiff, ein Furz! "

„Karl, du nimmst mich doch auf den Arm", bemerkte Elisabeth und schüttelte angewidert den Kopf.

Neugierig las Karl weiter vor. „Es gibt sogar Weltmeisterschaften im Furzen. Wer am lautesten kann, gewinnt. Jeder Teilnehmer hat zwei Versuche und dreißig Sekunden Zeit, sein Können vorzutragen. Hilfsmittel ist ein Plasterohr mittels dessen man in eine Tonne ..."

„Ich will das nicht hören. Das ist ja abartig."

Kopfschüttelnd legte Karl das Smartphone auf den Tisch. „Ich wollte damit nur andeuten, möglicherweise gibt es ja Gründe, warum unser Nachbar das tut. Vielleicht ist er krank und hat Schmerzen. Blähsucht oder wie es wissenschaftlich heißt Meteorismus. Sich regelmäßig erleichtern, hilft sicherlich."

„Das glaubst du doch selber nicht! Letzte Woche habe ich gesehen, wie Holger neben seinem Sechzigerjahre-BMW-Cabrio stand, auf dem rechten Bein, das linke hoch, die Fäuste wie bei einem Boxer angewinkelt und auf die blubbernden Geräusche des Oldtimers wartend. Sobald die alte Karre blubberte, ahmte er sie nach. Das klang nicht trocken. Ich möchte nicht wissen, wie seine Unterhosen ..." Bei diesem Gedanken fing Elisabeth an zu würgen und hielt sich demonstrativ die Nase zu.

Karl schaute seine Frau mitleidig an. Da sein Hörvermögen mit den Jahren abgenommen hatte, plagten ihn die Belästigungen des Nachbarn nicht. Ein Vorteil, wie er sich eingestehen musste. Er verstand durchaus, dass Lieschen darunter litt.

„Aber dann gleich Eisenhutextrakt? Manchmal kommst du auf Ideen", murmelte er in ihre Richtung und schaute kopfschüttelnd in den Garten. „Damit löst man kein Problem!"

„Schenk mir zum Geburtstag, was du denkst. Mein Gott, dann frag mich doch nicht, was ich mir wünsche."

Vier Wochen später hatte Elisabeth ihren siebzigsten Geburtstag.

Wie immer begrüßte sie morgens ein üppiger Blumenstrauß aus dem Garten. Diesmal hatte Karl alles auf einen blauen Ton abgestimmt. In der Mitte des Arrangements prangte prachtvoll ein Zweig des ,Blauen Eisenhutes‘, ergänzt um andere farblich passende Blumen. Eine Zeitung lag auf dem Tisch und ein kleines längliches Schmuckkästchen. Die Aufregung war Elisabeth anzusehen. Zum ersten Mal seit vierzig Jahren wusste sie nicht, was für ein Geschenk sie bekommen würde. Neugierig wickelte sie das Kästchen aus, öffnete es und schaute verwirrt Karl an. Ein dünnes, gebogenes Stück Metallrohr mit Gewindemuffen fand sich darin. Karl schob verschmitzt die Zeitung in ihre Richtung und deutete mit dem Finger auf einen Artikel:

Tragischer Unfall durch defekte Bremsleitung. Auf der Autobahn A9 ist am gestrigen Abend der Besitzer eines Oldtimers tödlich verunglückt. Er war mit seinem BMW-Cabrio Baujahr 1967 an einem Stauende ungebremst auf einen Sattelzug aufgefahren. Die Wucht des Aufpralls war so groß, dass das Auto vollständig zertrümmert wurde. Für den Fahrer Holger W. kam jede Hilfe zu spät. Untersuchungen ergaben, dass die Bremsleitungen in keinem technisch akzeptablen Zustand waren. Offensichtlich hatte Holger W., der als Eigenbrötler und Bastler galt, die Beschaffenheit des eingebauten Ersatzteils falsch eingeschätzt.

Erstaunt und auch mit ein bisschen Stolz schaute Elisabeth ihren Mann dankbar an. Die Überraschung zu ihrem Geburtstag war Karl wirklich gelungen.

Die Aktentasche

*Nichts ist trügerischer
als eine offenkundige Tatsache.*

SIR ARTHUR CONAN DOYLE

Clemens Gockel erkannte sofort, dass es eine neue Aktentasche war. Keine der billigen Sorte, in der Angestellte ihre Frühstücksstullen aufbewahrten oder Arbeit mit nach Hause nahmen. Dazu war sie zu elegant. Das Leder stammte von einem Tier, dessen Haut eher selten verarbeitet wurde, möglicherweise weil der Artenschutz es verbot oder die Verarbeitung zu aufwendig war. Es war eindeutig ein Unikat, erkennbar von einem Meister gefertigt.

Die Aktentasche stand auf einer Parkbank in der Nähe seines Büros. Er hatte den halben Sonnabend im Steuerbüro verbracht, um die zu spät gelieferten Zahlen einer Firma aufzubereiten, damit dem Inhaber die Strenge des Finanzamts erspart blieb. Ein Golfpartner und zahlungskräftiger Kunde des Steuerberaters, bei dem Clemens Gockel arbeitete.

Vom Besitzer der teuren Aktentasche war weit und breit nichts zu sehen. Clemens Gockel war allein im Park. Erstaunt schaute er sich aufmerksam um. Als er sich sicher war, dass ihn niemand beobachtete, klemmte er sich unauffällig das wertvolle Stück unter den Arm und ging ruhig seines Weges weiter.

Erst zu Hause öffnete er das Schloss und klappte neugierig den Deckel auf. Als könnte ein hinterhältiges Insekt im Inneren auf ihn warten, schaute er vorsichtig hinein.

Clemens Gockel traute seinen Augen nicht. Mehrere Geldbündel lächelten ihn an. Aufgeregt nahm er sie heraus und stapelte sie auf dem Küchentisch. Es waren sechs Stapel a fünfundzwanzig Fünfhundert-Euro-Scheinen. Unter einer weiteren Banderole befanden sich nur vierundzwanzig Fünfhundert-Euro-Scheine, wie eine Notiz verriet. Dazu waren drei Einhunderter mit einer

Büroklammer zusammengefasst. Auf seinem Küchentisch lagen siebenundachtzigtausenddreihundert Euro.

So viel Geld hatte Clemens Gockel noch nie mit einem Mal besessen. Beeindruckt ließ er sich auf den Küchenstuhl fallen. „Heute ist mein Glückstag", flüsterte er leise und drückte vor Freude die geschlossene Faust vor seinen Mund.

Einen Augenblick überlegte er, ob ihm die Summe oder Ziffernfolge bekannt vorkam, tat seine Überlegung dann aber als Berufskrankheit ab. Buchhalter und Zahlen. Zweifel inklusive. Ungläubig prüfte er die nagelneuen Banknoten auf ihre Echtheit, verglich die Seriennummern und suchte nach versteckten Markierungen. Auch wenn er nichts Verdächtiges feststellen konnte, allein der Glaube, das Glück habe einen kleinen Buchhalter auserkoren, fehlte ihm.

Nur langsam gewöhnte er sich an den Gedanken, um siebenundachtzigtausenddreihundert Euro reicher geworden zu sein. Die Liste großer und kleiner Wünsche stand plötzlich vor seinem geistigen Auge. Endlich konnte er sich Dinge leisten, die mit einem Buchhaltergehalt nicht vereinbar waren. Eine Nilkreuzfahrt, einen riesigen Flachbild-Fernseher plus Dolby Surround Anlage, vielleicht sogar einen Audi R8. Doch diese Punkte strich er gleich wieder von der Liste. Er würde das Geld besonnen ausgeben.

Es widersprach zwar seiner selbstauferlegten Regel, niemals am frühen Nachmittag Alkohol zu trinken, in diesem Augenblick brauchte er jedoch etwas Starkes. Clemens Gockel entschied sich für einen Calvados.

Kaum hatte er an dem edlen Gesöff genippt, schossen ihm beunruhigende Gedanken durch den Kopf. Was wenn dieses Geld aus kriminellen Machenschaften stammte, einem Banküberfall oder einer Erpressung? Möglicherweise diente es zur Bezahlung illegaler Drogen, zur Beschaffung von Waffen oder es sollte zur Finanzierung eines Mordanschlags verwendet werden. Vielleicht enthielt die Aktentasche die Einnahmen eines albanischen Zuhälters? Derartige Klientel schmückte sich gern mit luxuriösen Accessoires. Hochwertige Lederwaren gehörten garantiert dazu. Hatte er sich durch den vermeintlichen Diebstahl der Aktentasche die

Wut eines Mafia- oder Yakuzabosses oder gar eines Terrornetzwerkes zugezogen?

Gockel wurde blass bei den Gedanken und spürte, wie sich die Haare im Nacken aufrichteten. Hatte seine spontane Idee, die Aktentasche mitzunehmen, schon zu unaufhaltsamen Konsequenzen geführt? Möglicherweise war längst ein Kopfgeld auf ihn ausgesetzt – tot oder lebendig. Er sah förmlich, wie grobschlächtige Typen auf ihren Smartphones auf sein Bild starrten und die Adresse der Wohnung googelten. Professionelle Auftragsmörder interessierten sich für seine Gewohnheiten und den Tagesablauf, um Schwachstellen herauszufinden. Wahrscheinlich wollten sie den passenden Zeitpunkt und Ort herausfinden, um ihn unbeobachtet abzufangen. Sie würden ihn abmurksen, ein Exempel statuieren, als Warnung an eventuelle Nachahmer: Halte dich von unseren Geschäften fern, welche auch immer!

Erschrocken über seine Gedanken, trank er den Rest des Calvados in einem Zuge aus und mahnte sich zur Ruhe. Es half aber nichts.

Die Polizei! Abrupt sprang Gockel auf, nahm das Telefon in die Hand und tippte die dreistellige Nummer ein. Die Beamten mussten ihm doch helfen, oder? Zweifel meldeten sich. Schließlich hatte er die Aktentasche mitgehen lassen. Wenn das Geld nun für einen Psychopathen gedacht war, was dann? Für einen Wahnsinnigen, der eine Millionärsgattin entführt hatte. Lag sie verzweifelt in einer Holzkiste, etliche Meter unter der Erde, mit weitaufgerissenen Augen und starrte in die Dunkelheit, panisch nach Luft ringend, kurz davor den letzten Atemzug wegen seiner Neugier auszuhauchen? Clemens Gockel hörte regelrecht, wie die gepflegten Fingernägel am Holzdeckel kratzten. Sinnlose Versuche der Hoffnungslosigkeit. Er hatte die Geldübergabe platzen lassen. Wäre er dann nicht für ihren Tod verantwortlich? Entsetzt legte Gockel das Telefon wieder auf seinen Platz.

Natürlich war es naiv zu glauben, jemand vergesse eine derart auffällige Aktentasche auf einer Parkbank, vor allen Dingen dann, wenn er eine horrende Summe darin verstaut wusste.

Gockel schimpfte sich einen Idioten, der von allen guten Geistern verlassen gewesen sein musste. Wütend über die eigene Naivität goss er sich erneut einen Hochprozentigen ein und kippte ihn in einem Zug hinunter.

Der einfachste Weg wäre der Gang zum Fundbüro. Oder er könnte eine Anzeige aufgeben ohne konkrete Angaben. Aktentasche gefunden. Sicherlich würden sich viele melden. Der Besitzer müsste die Tasche beschreiben und wo er sie vergessen hatte. So ließe sich zehn Prozent Finderlohn kassieren, achttausendsiebenhundertdreißig Euro. Ein Sümmchen, das nicht zu verachten war. Aber würde der Besitzer auch bereit sein, ihn für seine Ehrlichkeit zu bezahlen? Ehrlichkeit war heutzutage kein hohes Gut mehr.

Plötzlich kam Gockel die Summe verdächtig vor. Siebenundachtzigtausenddreihundert Euro. Warum war sie so krumm? Womöglich war das nur der Rest eines viel größeren Betrages. Die sieben Bündel sowie die drei Einhundert-Euro-Scheine hatten die luxuriöse Aktentasche nicht einmal zu einem Viertel gefüllt. In diesem Augenblick hielt er es für sehr wahrscheinlich, dass sich jemand schon vor ihm bedient hatte. Ein cleverer Bursche, der mit einer schlichten Irreführung von sich ablenkte. Wem auch immer das Unikat gehörte, ginge er nicht automatisch davon aus, der Finder habe das fehlende Geld heimlich versteckt? Ein solcher Vorwurf könnte ihn seinen Job als Buchhalter kosten. Kein Steuerberater dürfte ihn jemals wieder einstellen. Sein Name würde auf einer geheimen schwarzen Liste stehen.

Verzweifelt holte Gockel Luft, als wäre ihm eine Pause beim Waterboarding gewährt worden. Seine Hände kribbelten vor Aufregung. Entsetzt betrachtete er die Fingernägel, fand aber keine glühenden Nadeln darunter, die ein gnadenloser Folterknecht zur Findung der Wahrheit in die empfindlichen Fingerkuppen getrieben hatte.

Wo war der fehlende Betrag?

Mit einer Klarheit, die den Buchhalter Gockel selber verwunderte, wusste er plötzlich, was zu tun war. Die einzige Möglichkeit, all dem zu entgehen, war, die Aktentasche zurück auf die Bank zu stellen. Schnell verstaute er die Geldbündel wieder und begab sich auf Umwegen zum Park.

Obwohl es längst dunkel war, hatte Gockel lange gezögert, das Licht in der Küche anzuschalten. Zufrieden mit sich stellte er das Radio an und suchte seinen Lieblingssender. Niemand hatte ihn beobachtet, als er die Aktentasche unauffällig auf ihren angestammten Platz zurückgestellt hatte.

„Schwein gehabt", resümierte er erneut und prostete sich erleichtert zu. „Heute ist mein Glückstag!"

Es dauerte einen Augenblick, bis Clemens Gockel verstand, was der Sprecher in den Hauptnachrichten mit betont freudiger Stimme verkündete: „Fünfundzwanzig Jahre Radio 87,3 – Das Freudebringradio. Es gibt einen glücklichen Finder! Die von Leder-Meyer gespendete Aktentasche mit den siebenundachzigtausenddreihundert Euro wurde auf einer Parkbank von unserem Zuhörer ..."

Er schaltete das Radio aus. 87, 3.

Die Frequenz seines Lieblingssenders.

Mörderische Lesereise

Es hat keinen Sinn, mit Männern zu streiten
– sie haben ja doch immer Unrecht.

ZSA ZSA GABOR

Am liebsten begab sich der Schriftsteller Roy Conrad gemeinsam mit seiner Herzallerliebsten auf Lesereise, um für ein neues Buch Werbung zu machen. Für ihn gab es nichts Deprimierenderes, als nach einer erfolgreichen Lesung allein in einem Hotelzimmer zu übernachten. Meist schlief er schlecht und das Gefühl, sein Gehirn würde die Produktion der Botenstoffe Serotonin und Noradrenalin zurückfahren und einer depressiven Stimmung Vorschub leisten, wurde von Veranstaltung zu Veranstaltung stärker.

Sabrina Conrad, die sich als Muse und Managerin verstand, wusste von der sensiblen Seite ihres Mannes und den Leiden, die damit verbunden waren. Sooft es ihr möglich war, richtete sie es daher ein, ihn zu begleiten.

Kein Zweifel, Roy Conrad war ein begnadeter Schriftsteller, der ungewöhnliche Geschichten spannend und mit einer gehörigen Portion Wortwitz zu erzählen wusste. Seine Lesungen waren stets gut besucht. Die Presse hatte ihn, aufgrund der charmanten Art, die ihn auszeichnete, ins Herz geschlossen und durch Erfolgsprophezeiungen dafür gesorgt, dass seine Bücher regelmäßig in den Bestsellerlisten zu finden waren.

Sicherlich, nach oben hin gab es Luft. Persönlich störte ihn das nicht, Sabrina schon. Sie predigte immer wieder: „Erfolg ist zuerst eine Frage der Arbeit, nicht des Talents."

Roy war sich bewusst, dass er nicht halb so erfolgreich wäre, wenn Sabrina sich nicht um das Marketing kümmern würde. In diesem Bereich war sie phänomenal und er war ihr sehr dankbar.

Roy freute sich über das Interesse an seiner Person und die Unterstützung, wusste er doch, dass der Buchmarkt hart und der

Kreis jener, die Bücher lasen, rückläufig war. Allein an Krimiautoren gab es im deutschsprachigen Raum mehr, als der durchschnittliche Leser in einem Leben zu konsumieren vermochte. Selbst wenn man auf Ausgewogenheit achtete und von jedem Schriftsteller nur ein Buch las, war es unmöglich. Schon die deutschen Neuerscheinungen eines Jahres dürften die meisten Bücherregale zum Bersten bringen.

Auch der Markt literarischer Veranstaltungen wurde hart umworben. Glücklich durfte sich jener nennen, der eine Nische besetzen konnte und über ein treues Publikum verfügte. Roy gehörte zu jenen. Schwarzer Humor hatte immer Konjunktur. Das Bedürfnis vieler Menschen, sich unangenehmer Familienmitglieder, Nachbarn, Kollegen oder nerviger Mitbürger, zumindest in Gedanken zu entledigen, besaß nicht nur eine unterhaltsame Komponente, sondern eine – oft unterschätzte – therapeutische Wirkung.

Die vielen Lesungen, auf denen Roy sich und seine Werke jedes Jahr präsentierte, verdankte er Sabrina. Ihr Talent, schöne und interessante Leseorte zu akquirieren und sie gleichzeitig logistisch perfekt in einer Lesereise zu verbinden, war ein wichtiger Punkt seines Erfolges.

Der heutige Abend durfte generell als Triumph verbucht werden. Die Lesung in der Buchhandlung Kurze startete, wie schon in den letzten Jahren sehr gemütlich. Zwar waren einige Plätze noch frei, aber das tat der angenehmen Atmosphäre keinen Abbruch.

Als ein Polizeiwagen eilig und unter Sirenengeheul an der Buchhandlung vorbeifuhr, musste Roy jedoch seinen Lesefluss kurz unterbrechen. Er wartete, bis der Klang des Martinshorns vernachlässigt werden konnte, und bemerkte eloquent: „Na, wenn da mal nicht jemand um die Ecke gebracht wurde. Glücklicherweise sind die Freunde des schwarzen Humors heute alle hier. So gesehen ist das Vortragen mörderischer Kurzgeschichten quasi eine lebensverlängernde Maßnahme."

Die Zuhörer lachten. Gekonnt nahm Roy den Faden seiner Geschichte wieder auf und gestaltete mit Timbre in der Stimme das blutige Ende des Mordfalls.

Der Buchverkauf war an diesem Abend aber unbefriedigend. Grund dafür war eine Nachricht, die einer der Gäste auf seinem Smartphone erhalten hatte, die den Tod eines anderen Autors meldete, der in der Nachbarstadt zur gleichen Zeit hätte lesen sollen. Als dieser nicht erschienen war, hatte die verantwortliche Bibliothekarin kurzerhand in dessen Pension angerufen und unwirsch darum gebeten, man möge den Herrn wecken und auf seine Verpflichtung hinweisen. Der Saal sei voll. Man warte!

Dass sein Nichterscheinen keine Böswilligkeit war, erkannte die Pensionsbesitzerin in jenem Moment, als sie die Tür nur angelehnt und den Autor mit offenen Augen und verkrampftem Mund neben dem Tisch liegend vorfand.

Der Tatort wurde von den herbeieilenden Beamten abgesperrt, die Pensionsbesitzerin von einem Seelsorger beruhigt und die Lesung in der Nachbarstadt trotz Proteste abgesagt.

Die schreckliche Nachricht verbreitete sich schlagartig unter den Gästen der Buchhandlung Kurze. Grüppchen bildeten sich. Diskussionen fanden statt. Mutmaßungen waren in aller Munde. Niemand interessierte sich für Roys neues Buch.

Das Schlimmste war jedoch, Roy kannte den Toten. Auch wenn sie keine Freunde waren, man begegnete sich zuweilen auf Buchmessen oder Festivals und respektierte einander. Abgesehen davon kämpften beide regelmäßig um die begehrten Plätze in den Bestsellerlisten. Nachdem das letzte Grüppchen im Streit um ein mögliches Motiv die Buchhandlung Kurze verlassen hatte, setzte sich Roy auf einen der freien Stühle und atmete schwer durch.

Besorgt erkundigte sich Frau Kurze nach seinem Befinden.

Kurzatmig und nachdenklich erklärte er: „Es ist jetzt das vierte Mal, dass am Tag einer Lesung ein Autor tot aufgefunden wurde. Das Deprimierende daran ist, ich kannte alle persönlich. Durchweg erfolgreiche und angenehme Kollegen. Schrecklich! Das scheint kein Zufall zu sein, oder?" Er schüttelte ungläubig den Kopf.

Sabrina strich ihm liebevoll über den Nacken.

„Zum Glück ist meine Herzallerliebste jedes Mal mit dabei, um mich in solch einer deprimierenden Stunde aufzufangen", ergänzte er dankbar. „Nicht auszudenken, wenn ich die Nacht allein in einem Hotelzimmer fristen müsste".

Die Buchhändlerin schaute erst Roy, dann Sabrina und danach den kaum reduzierten Buchstapel traurig an. Schließlich zuckte sie die Schultern. Die Lesung würde sich dennoch mittel- oder langfristig lohnen, da war sie sich sicher. Ihre Kunden hatten einen schönen Abend gehabt und sie zweifelte keinen Augenblick daran, dass ein richtiger Mord in unmittelbarer Nähe ihrer kleinen Stadt das Genre Kriminalliteratur wieder stärken würde. In letzter Zeit waren die Verkaufszahlen erschreckend rückläufig. Aufmunternd klopfte sie Roy auf die Schulter: „Sehen Sie es als verkaufsfördernde Maßnahme. Einer weniger, um den Sie sich Gedanken machen müssen."

Roy zog entsetzt die Stirn kraus, schüttelte abfällig den Kopf und holte aus der Jacketttasche ein Röhrchen mit Tabletten. Vorsichtig schüttete er eine auf seine Handfläche, überlegte einen Augenblick lang und gönnte sich eine weitere. Mit dem letzten Schluck aus dem Wasserglas, das ihm zur Lesung gereicht worden war, spülte er beide hinunter. Erst dann wurde ihm bewusst, dass die Inhaberin der Buchhandlung Kurze ihn aufmerksam beobachtete.

„Seit Monaten schlafe ich schlecht und um das Rattern in meinem Kopf zu beruhigen, hat mir der Arzt die Pillen verschrieben. Hilft sofort. Für ein paar Stunden senkt es die Wahrnehmung auf ein entspanntes Level, um nicht zu sagen, wenn Sie mehr als zwei davon nehmen, geht einem die Welt auf angenehme Art und Weise am A... vorbei. Meist gönne ich mir diese Ruhe vor einer Lesung. Danach bin ich frisch und gutgelaunt, um nicht euphorisch zu sagen. Sie verstehen?"

Ein Lächeln huschte über das Gesicht der Buchhändlerin. „Und während Ihr Mann schläft, nutzen Sie die Zwischenzeit und gehen shoppen?", fragte die Buchhändlerin und betrachtete Sabrina dabei aufmerksam.

„Ich liebe es, die verschiedenen Orte zu erkunden", bestätigte Sabrina. „Selbst dann, wenn sie übersichtlich sind und vermeintlich wenig zu bieten haben."

„So wie Viersen, Pirna oder Wurzen?"

Die Antwort auf die Anspielung blieb aus. Dafür verengten sich Sabrinas Augen zu kleinen Schlitzen. „Ich verstehe Ihre Frage nicht?"

„Wenn ich richtig informiert bin, geschahen immer an den Tagen der Lesungen Ihres Gatten bedauerliche Unfälle, bei denen renommierte Autoren abrupt ihre Karriere beendeten."

Roy schaute erstaunt auf: „Wovon redet ihr da eigentlich?" Ohne wirklich eine Antwort zu erwarten, hob er das leere Wasserglas, prostete den beiden zu und blickte dann bedauernd hinein. „Was für ein schrecklicher Tag!", murmelte er, stellte das Glas zurück auf den Schreibtisch, verschränkte die Arme und überließ sich der Wirkung der Tabletten.

„Wenn Sie meinen, ich bin für alle Unfälle verantwortlich, muss ich Sie leider enttäuschen, liebe Frau Kurze. Für heute zum Beispiel habe ich ein Alibi für die vermeintliche Zeit. Ich vertrage die langen Autofahrten nicht besonders gut und habe mir einen Nachmittag in der Wellness-Oase gegönnt. Wärme, Rückenmassage und einfach Nichtstun. Es gibt ausreichend Zeugen, die das bestätigen können."

„Ich weiß", bestätigte die Buchhändlerin die Aussage und zog bedauernd die Schultern hoch. „Dabei war ich mir so sicher, dass Sie auch diesmal die Konkurrenz ..." Sie beendete den Satz nicht. Plötzlich lachte sie albern. „Tja, wenn man nicht alles selber macht."

Sabrina nickte verständnisvoll. Erst nach einer Weile schien sie zu begreifen. Verblüfft betrachtete sie die Buchhändlerin. Dann wich alle Spannung aus ihrem Gesicht. „Sie waren das?"

„Was soll ich sagen, eine Marketingmaßnahme der besonderen Art. Der Markt ist wirklich hart umkämpft. Ich konnte ja nicht ahnen, dass die Leiche erst so spät am Abend gefunden wird. Für ein paar Zuhörer hätte ich durchaus noch Platz gehabt. Schade, wirklich schade. Ein so begnadeter Schriftsteller. Wer, wenn nicht Ihr Mann, hätte einen vollen Saal verdient."

Beide Frauen schauten Roy mitleidig an, der zusammengesunken auf seinem Stuhl saß und den Finger auf dem leeren Glas kreisen ließ.

Sabrina verdrehte die Augen. „Schreiben kann er ja ganz gut, aber marketingtechnisch ist der Kerl eine Katastrophe."

Frau Kurze winkte ab. „Ich kenne das Problem! Im Buchhandel ist es nicht anders. Mein Mann ist neuen Ideen gegenüber auch nicht aufgeschlossen. Da kann ich reden, so viel ich will."

Die Leidensgenossinnen schwiegen verständnisvoll angesichts der Unfähigkeit ihrer Männer.

„Wie haben Sie es eigentlich angestellt?", erkundigte sich Sabrina nach einer kurzen Denkpause.

„Pentobarbital. Ein Barbiturat, das früher als Schlafmittel verschrieben wurde. Ist heutzutage verboten. Wird lediglich noch zum Einschläfern in der Veterinärmedizin verwendet. Ich habe mir das besorgt, um im Falle eines Falles über mein Ableben selbst entscheiden zu können."

Das respektvolle Nicken nahm die Buchhändlerin gerne an.

„Ich kenne mich leider nicht mit Ermüdungsbrüchen bei Bremsleitungen aus oder wie man Kohlendioxid ..." Sie wurde unterbrochen.

„Kohlenmonoxid!", verbesserte Sabrina höflich.

„... ja richtig, wie man Kohlenmonoxid in einem präparierten Ofen entstehen lässt, ist mir echt ein Rätsel. Und wie Sie das mit dem Balkon hinbekommen haben? Fünfte Etage? Der Kerl wog doch mindestens einhundertfünfzig Kilo. Respekt! Wirklich."

„Nur eine Frage des Schwerpunktes", gab Sabrina stolz zu bedenken und ergänzte: „Wenn wir Frauen uns nicht um alles kümmern würden!"

Beide schwiegen wegen der Last, die sie zu tragen hatten.

Sabrina schaute verlegen auf ihre Uhr. „Es war wieder richtig schön in Ihrer Buchhandlung, Frau Kurze. Danke für alles. Kann ich im kommenden Jahr abermals mit einem Termin rechnen? Ich bin sicher, bis dahin hat mein Mann den neuen Roman fertig."

„Ich hole gleich meinen Kalender. Marketingtechnisch stimmen wir uns dann noch im Detail ab."

Roys Blick, bei dem der Begriff *Kalender* einen pawlowschen Reflex auslöste, richtete sich kurzzeitig auf. Zwar wusste er nicht, über was sich die beiden unterhalten hatten, dennoch bemühte er sich, Interesse vorzutäuschen. Lange gelang ihm das nicht. Müde ging sein Blick zwischen Sabrina und der Buchhändlerin hin und her.

„Eine ist zu wenig und zwei sind zu viel", stellte er bedauernd fest, wobei er nicht die Frauen, sondern die Pillen meinte.

Wahre Liebe

Eine Frau macht niemals einen Mann zum Narren; sie sitzt
bloß dabei und sieht zu, wie er sich selbst dazu macht.

FRANK SINATRA

Die beiden Mitarbeiter der Rezeption hatten mit einem vorgetäuscht bedauernden Blick zur Kenntnis genommen, dass der Pianist Magnus Grünberg allein angereist war, da seine Frau ihn aus gesundheitlichen Gründen nicht begleiten konnte. Migräne! Tatsächlich freuten sich die beiden Hotelangestellten, denn Frau Grünberg galt in jeder Hinsicht als anstrengend und kapriziös. Es war nahezu unmöglich, ihren Forderungen gerecht zu werden.

Dass die Mitarbeiter der Rezeption die Höflichkeit nur vortäuschten, wusste Magnus Grünberg. Dennoch bedankte er sich angemessen für die freundlichen Genesungswünsche. Mit hängenden Schultern schlurfte er anschließend wie ein schwerbeladenes Maultier Richtung Fahrstuhl.

Für die Mitarbeiter des Hotels war er ein unter der Strenge seiner Gattin leidender Mann, der mit nahezu stoischer Geduld ihren Vorwürfen begegnete. Bei jeder Gelegenheit, bevorzugt in aller Öffentlichkeit, zog sie über seine vermeintliche Ungeschicklichkeit oder über unfassbare Versäumnisse her. Dies tat Frau Grünberg in einer Lautstärke, die ihr die Aufmerksamkeit nicht nur des Personals, sondern auch der Hotelgäste in dem weiträumigen Foyer und dem anschließenden Café garantierte. Dem Stakkato ihrer Vorwürfe hatte der begnadete Musiker, abgesehen von einem traurigen, dackelähnlichen Blick, nichts entgegenzusetzen.

Sobald Magnus Grünberg den Fahrstuhl betreten hatte und die Türen geschlossen waren, entspannten sich seine Gesichtszüge. Er würde in den nächsten Tagen das Appartement für sich haben und das Leben in vollen Zügen genießen.

Der Vertrag mit dem Hotel lief bis zum Jahresende. Auch wenn

Grünbergs Frau ihn ungern alleine reisen ließ, die Tatsache, dass er für sein *albernes Klimpern* auf dem Klavier fürstlich entlohnt wurde, verhinderte, dass sie ihm derartige Arrangements verbot. Auf ein üppiges Honorar zu verzichten, war ihre Art nicht. Als Pianist war er eine Institution und seine Anwesenheit garantierte, dass die Zimmer im Hotel regelmäßig während des Konzertes ausgebucht waren. Abgesehen davon lag das Fünf-Sterne-Hotel an der Küste und der Blick aus dem siebten Stock aufs Meer war unbezahlbar.

Grünbergs Frau hatte mit den Jahren das Honorar ihres Gatten in schwindelerregende Höhen getrieben, auch wenn ihrer Meinung nach die Direktion unterm Strich immer noch beachtlich verdiente. Seit allerdings Diana Gerlach im Dezember die Geschäftsleitung des Hotels übernommen hatte, war Schluss mit der Erhöhung des Honorars. „Mir sind die Hände gebunden. Anweisung von ganz oben."

Grünbergs Frau hatte getobt, mit schlechter Bewertung im Internet gedroht und erst Ruhe gegeben, als Diana Gerlach mit einem belanglosen Schulterzucken verkündete: „Wir würden es sehr bedauern, wenn die Zusammenarbeit mit Ihrem Mann nicht mehr möglich wäre. Aber was nicht geht, geht halt nicht."

Mit dem Instinkt eines Raubtiers, das begriff, wann der Versuch, ein Beutetier zu erlegen, aussichtslos war, überließ Frau Grünberg ihrem Mann die Entscheidung.

Magnus erklärte sich einverstanden, schon allein deswegen, weil er die Ostsee über alles liebte, ihm der schweigsame norddeutsche Menschenschlag guttat und er die Ruhe in den touristenarmen Monaten genoss. Zumindest dann, wenn er allein an der Küste war.

In den letzten Jahren hatte sich seine Frau zusehends verändert. Ihr Tonfall war immer bestimmender und aggressiver geworden. Sprach er das Thema an, zog sie sich regelmäßig mit Migräne zurück. Auch ihr Anspruch, dass er ausschließlich mit Bargeld bezahlt wurde, bereitete ihm zunehmend Kopfschmerzen. In der letzten Zeit hatte sie nicht nur sofort das Honorar für seine Konzerte eingezogen, sondern ihn auch noch peinlich befragt, wofür die Differenz ausgegeben worden war. Anfänglich interpretierte er ihr Misstrauen als Eifersucht. Erst später verstand er, dass es ihr nur um die lukrativen Einnahmen ging. Auch wenn ihn die ständige Bevormundung belastete, zunehmend fehlte ihm die Kraft, über ihren Argwohn zu streiten. Er ergab sich seinem Schicksal und ertrug stoisch ihre Launen.

Das änderte sich, als die neue Hotelchefin Diana Gerlach ihm begegnete. Vom ersten Tag an war sie ihm ausgesprochen sympathisch. Sie war offen, herzlich, keine Schönheit im klassischen Sinne, aber eine Frau von jener Stärke, bei der sich ein Mann aufgehoben fühlt. Schon bald begriff er, dass auch Diana mehr als Sympathie für ihn empfand. Wenn er allein anreiste, um die Gäste mit seinem Klavierspiel zu verzaubern, spielte er in Wirklichkeit nur für sie. Anschließend trafen sie sich regelmäßig, um den Abend auszuwerten. Es war nicht bei Gesprächen geblieben. Er genoss die Zärtlichkeit und die Geborgenheit, mit der ihn Diana verwöhnte. Wie ein Ertrinkender überließ er sich ihren Armen. Nur die Anrufe seiner Frau zerstörten für kurze Zeit diese Idylle. Inzwischen hatte er sich daran gewöhnt.

Im siebten Stock angekommen, schaute Magnus auf die Uhr. Er hatte den ganzen Tag für sich. Die Sonne schien. Bestes Badewetter. Erst am Abend musste er sich ans Klavier setzen und klassische Stücke spielen. Leider war es heute unmöglich, Diana zu sehen. Sie hatte Wichtiges zu erledigen. Das galt auch für ihn. Er musste pünktlich 19:45 Uhr an der Rezeption vorbeigehen. Eines der beiden Telefone würde klingeln. Anruf seiner Frau, die im typisch strengen Ton nach ihm verlangte. Glücklich ihn nicht suchen zu müssen, dürfte einer der Rezeptionsmitarbeiter ihn ansprechen, ihm bedauernd den Hörer reichen und sich mitleidvoll abwenden. Das Gespräch würde er dennoch mitbekommen, ein Umstand, der für Magnus Grünberg wichtig war.

Aber bis dahin hatte er ein paar Stunden Zeit. Mit einer kleinen Melodie auf den Lippen begab er sich an den Strand.

Um den richtigen Zeitpunkt abzufangen und um nicht etwa zu früh oder aufgrund überfüllter Fahrstühle gar zu spät an der

Rezeption vorbeizugehen, verharrte Magnus Grünberg ein paar Minuten auf einem der bequemen Sessel im Foyer. Er verbarg sein Gesicht hinter einer Zeitung. Zwar tat er so, als lese er Artikel, stattdessen ließ er sich aber in Gedanken wieder und wieder das kommende Gespräch durch den Kopf gehen. Auch wenn am anderen Ende der Leitung seine Frau die Mimik nicht sehen konnte, er übte dennoch den erschrockenen schüchternen Ausdruck und jene Sätze, die ein Höchstmaß an Verzweiflung dokumentieren sollten:

Ja, mein Schatz!

Pause

Verdammt, deine Winterschuhe!

Pause

Aber ich dachte ...

Pause

Es tut mir unendlich ...

Pause

Die brauchst du doch im Sommer ...

Pause

Ich gehe gleich am Freitag zum Schuster und ...

Pause

Sei doch nicht ...

Pause

Ich verspreche ...

Acht Erwiderungen waren es und enden würde er mit der Frage: *Hallo, bist du noch dran?*

Der Anruf kam pünktlich, die Schimpftirade für alle hinter dem Rezeptionstresen deutlich vernehmbar. Magnus Grünberg hielt den Hörer so, dass jedes einzelne Wort verstanden werden musste. Er reagierte, wie er es immer tat, verschreckt, getroffen wie ein getretener Hund und hilflos angesichts der albernen Vorwürfe.

Das Gespräch konnten ausreichend viele Zeugen bestätigen. Sich über Winterschuhe im Sommer aufzuregen, dürfte jedem in Erinnerung bleiben. Traurig und sozusagen am Boden zerschmettert, setzte sich Magnus Grünberg an diesem Abend ans Klavier und spielte melancholische Improvisationen, wie immer in einer Perfektion, die seinesgleichen suchte.

Als Magnus Grünberg die Goldberg Variationen von Bach mit sensiblen Händen erklingen ließ, wusste er, dass seine Frau im selben Moment ihrem Schöpfer gegenübertrat. Eine Sekunde lang überlegte er, ob sich ihr Gesicht entspannen oder ob sie noch im Tode vorwurfsvoll auf ihre Mitmenschen schauen würde, wenn das Projektil ihr Gehirn durchschlug. Unwichtig, dachte er und überließ sich wieder den Tasten.

Wie immer war es ein gelungener Abend. Magnus war sich sicher, die Gäste des Hotels und auch die Belegschaft, die sich um das kulinarische Wohlbefinden im Spiegelsaal kümmerte, würden noch am kommenden Tag von diesem Konzert erzählen. Zufrieden ging er in sein Appartement und durchdachte erneut den genialen Plan.

Am nächsten Morgen würden Polizeibeamte, begleitet von der Hotelchefin Diana Gerlach, ihm den tragischen Tod seiner Frau mitteilen. „Sie wurde ermordet, erschossen aus naher Distanz. Höchst wahrscheinlich ein Raubüberfall. Möglicherweise eine Kurzschlussreaktion des Einbrechers auf das unerwartete Erscheinen Ihrer Frau."

Diana und er hatten die Situation wieder und wieder durchgespielt, bis sie perfekt war. Lange hatten sie überlegt, wie eine Beendigung der Ehe ohne allzu herbe finanzielle Verluste stattfinden könnte. Aber abgesehen davon, dass Magnus Grünberg einen Ehevertrag, der zurecht als Knebelvertrag bezeichnet werden durfte, unterschrieben hatte, die Vorliebe seiner Gattin für Bargeld war das eigentliche Problem.

„Es ist auch eine Chance", hatte Diana festgestellt und Magnus in ihren teuflischen Plan eingeweiht. „Wir lassen es wie einen Raubüberfall aussehen."

Er hatte erwartet, dass eine innere Stimme ihn von einem derartigen Verbrechen abhalten würde. Die Wortmeldung eines imaginären Engels, der Bedenken äußerte, blieb jedoch aus. Im Gegenteil! Er freute sich auf den Tag, besser gesagt auf den Abend, denn der Mord an seiner Frau bedurfte einiger logistischer Feinheiten. Tatsächlich kam am späten Vormittag ein Polizist, der sich als Kriminalkommissar Schraubner auswies. Von Diana Gerlach keine Spur. Magnus Grünberg stand gerade am Rezeptionstresen und wollte die beiden Whiskys begleichen, die er sich zur Beruhigung seiner Nerven aus der Minibar gestattet hatte.

„Ich muss Ihnen leider die traurige Nachricht überbringen, dass Ihre Frau in den gestrigen Abendstunden ermordet wurde." Magnus schaute den Kommissar ungläubig an, schüttelte den Kopf und schien nach passenden Worten zu suchen. Tonlos flüsterte er: „Das kann nicht sein, ich habe gestern Abend noch mit ihr ..." Er beendete den Satz nicht, hielt sich an der hölzernen Kante des Rezeptionstresens fest, als verlöre er gerade das Gleichgewicht. „Ich verstehe nicht ..."

Der Polizist, für den offensichtlich Situationen wie diese nichts Ungewöhnliches waren, räusperte sich verlegen. „Mein herzliches Beileid." Er zögerte und sprach mit gedämpfter Stimme weiter. „Es gibt eine weitere unangenehme Sache, die ich Ihnen mitteilen muss. Die Person, die Ihre Frau umgebracht hat, ist auf ihrer Flucht verunglückt. Ein Wildschaden. Offensichtlich ist ein Reh ins Auto gelaufen. Der Mercedes ist von der Straße abgekommen und gegen einen Baum gerast. Die Person war sofort tot."

Magnus Grünberg starrte den Kommissar fassungslos an. Sein Gegenüber hatte keinen Namen genannt, also war es naheliegend, dass er verdächtigt wurde. Er hielt es für besser zu schweigen.

„Bei der Leiche wurden mit hoher Wahrscheinlichkeit die Tatwaffe und ein Koffer mit einer beachtlichen Menge Geld gefunden. Momentan wird alles im Labor verifiziert. Es ist ausgesprochen viel Geld. Möglicherweise Ihre gesamten Ersparnisse der letzten Jahre. Bei der Verunfallten handelt es sich übrigens um eine Person, die Sie kennen, Diana Gerlach, die Hotelchefin." Der Kommissar machte eine eindrucksvolle Pause, bevor er hinzufügte: „Eigenartigerweise war sie mit Ihrem Auto unterwegs. Können Sie sich das erklären?"

Ein ungläubiges Kopfschütteln war die einzige Antwort.

„Dachte ich mir!" Tief durchatmend griff der Kommissar in seine Manteltasche und holte ein Diktiergerät heraus. „Hierauf kann ich mir gar keinen Reim machen. Vielleicht können Sie ja helfen?" Er drückte auf die Taste und spielte die Aufnahme laut ab.

Eine hysterische Frauenstimme, eindeutig die von Frau Grünberg, zeterte aufgeregt: *Ich möchte sofort meinen Mann sprechen!*

Pause

Ich habe dich nur um eine Sache gebeten! Du solltest meine Winterschuhe vom Schuster holen. Natürlich hast du das wieder vergessen.

Pause

Mein liebes Freundchen, du sollst nicht fluchen!

Pause

Du denkst nur an dich!

Pause

Um alles muss ich mich alleine kümmern.

Pause

Seit wann verstehst du etwas von solchen Dingen?

Pause

Immer das Gleiche! Da bitte ich dich einmal um einen Gefallen.

Die Mitarbeiter hinter der Rezeption starrten sich erstaunt an.

„Winterschuhe im Sommer", bemerkte Kriminalhauptkommissar Schraubner und schaute die Rezeptionisten aufmerksam an. „Waren das die Vorwürfe, auf die Herr Grünberg gestern sichtbar verzweifelt und sehr überzeugend reagiert hat?" Seine Annahme wurde, wenn auch widerwillig, bestätigt. Bedauernd hob er die Arme und wendete sich wieder Grünberg zu.

„Wie ich erfahren konnte, wurde Diana Gerlach gestern Mittag plötzlich schlecht. Sie musste den Dienst gegen vierzehn Uhr beenden. Statt nach Hause zu gehen, ist sie aber mit Ihrem Auto, der Tatwaffe und Ihrem Diktiergerät nach Berlin gefahren. Fahrzeit für eine Strecke, dreieinhalb maximal vier Stunden. Mit Ihrem Hausschlüssel hat Diana Gerlach die Wohnung geöffnet und auf Ihre Frau gewartet. Von Ihnen wusste sie ja, dass Ihre Gattin montags Pilates macht und frühestens um zwanzig Uhr nach

Hause kommt. Ihre Frau war sicherlich sehr erstaunt, als sie die Hotelchefin im Wohnzimmer entdeckte. Ein gezielter Schuss. Anschließend hat sie in aller Ruhe den Safe aufgeschlossen und das Bargeld eingepackt. Ich schätze, Diana Gerlach hat sich nicht länger als sechzig Minuten dort aufgehalten, um den perfiden Plan umzusetzen."

Magnus Grünberg zog bedauernd die Augenbrauen hoch. Den Ausführungen des Kommissars war nichts mehr hinzuzufügen. „Ich bekenne mich schuldig", gestand er. „Es war zwar nicht meine Idee, aber ich fand Dianas Vorschlag absolut überzeugend. Pech gehabt."

Kriminalkommissar Schraubner nickte. „Bezahlen Sie ruhig noch die beiden Whiskys aus der Minibar", bemerkte er freundlich.

Nachdem Magnus Grünberg großzügig einen Schein auf den Tresen gelegt und auf das Rückgeld verzichtet hatte, schaute er sich mit Bedauern um. Das Ambiente des Hotels würde ihm fehlen, da war er sich sicher. Auch Diana.

Fast verlegen strich der Kommissar über den Rezeptionstresen: „Ach ja, das sollten Sie noch wissen. Ihre Frau war gestern nicht wie geplant beim Pilates. Sie hatte einen Termin beim Neurologen. Dass sie in den letzten Monaten so aggressiv war, lag an dem Hirntumor, mit dem sie sich seit zwei Jahren herumschlug. Das erklärt auch ihren Kontrollzwang. Der Arzt hatte ihr noch ein viertel Jahr gegeben, maximal ein halbes."

Der Pianist Magnus Grünberg starrte den Kriminalkommissar fassungslos an. „Was sagen Sie da?"

Kriminalkommissar Schraubner wies in Richtung des Ausgangs und murmelte bitter: „Muss wohl Liebe gewesen sein, dass Sie Ihnen nichts von der Krankheit erzählt hat."

Anonyme Schöffen

Nachrichtensprecher fangen stets mit ‚Guten
Abend' an und brauchen dann fünfzehn Minuten,
um zu erklären, dass es kein guter Abend ist.

RUDI CARRELL

Wie Karl-Heinz Jakobi hierhergekommen war, daran vermochte er sich beim besten Willen nicht zu erinnern. Er war zu benommen. Nur zögerlich verflog der Nebel in seinem Kopf. Die Beine schmerzten und er fürchtete, einen Krampf zu erleiden. Instinktiv versuchte er, nach den Waden zu greifen, um sie ein wenig zu massieren. Doch als er in die Knie ging, spürte er ein unangenehmes Ziehen am Hals. Das Gefühl stranguliert zu werden, ließ ihn schlagartig aus der Dämmerung auftauchen.

Verwundert wollte er die Hände heben. Auch das unmöglich. Erstaunt stellte Jakobi fest, dass sie mit Handschellen gesichert waren. Eine Kette führte von der Mitte abwärts, zu einer weiteren mit Fußschellen. Derartige bewegungseinschränkende Hilfen verwendeten sie in amerikanischen Gefängnissen oder wenn Straftätern der Prozess gemacht wurde. Verwirrt schaute Jakobi sich um.

„Verdammt, was soll das?", fragte er verärgert. Er hatte versucht, mit fester Stimme zu sprechen, ihr Nachdruck und Empörung zu verleihen. Stattdessen klang sie gehetzt, beinahe weinerlich.

Karl-Heinz Jakobi stand in einem ehemaligen Kühlraum, der seit Jahren nicht mehr genutzt wurde. Eine Leuchtstoffröhre bemühte sich, das fensterlose Lager auszuleuchten, mit wenig Erfolg. An der Stirnseite, ihm gegenüber, erkannte er eine schwere Stahltür, die verschlossen schien. Einzelne Fliesen waren abgefallen, andere mit einem Gespinst von Rissen überzogen. Dennoch wirkten die Wände und der Boden sauber, als wären sie erst vor Kurzem gereinigt worden. Er schaute vorsichtig nach oben. Zu seinem Entsetzen erkannte er einen Strick, der um seinen Hals lag. Befestigt war das andere Ende an einem alten, rostigen Stahlträger, der den Raum querte.

Entgeistert bewegte sich Jakobi ein wenig und spürte augenblicklich, wie der Boden unter den Sohlen zu kippeln begann. Erschrocken blickte er auf seine Füße. Er stand auf einer in die Jahre gekommenen Fußbank. An einem der Holzbeine war ein Drahtseil gebunden. Ein paar Schlaufen lagen auf den Fliesen. Sein Blick folgte dem Seil, das hinter ihm verschwand. Langsam und vorsichtig drehte er sich zentimeterweise. Das andere Ende wand sich um eine Vorrichtung, die er als elektrische Seilwinde identifizierte. Offensichtlich hatte sie früher als Hebevorrichtung gedient.

„Was soll das?", fragte er, obwohl niemand sonst im Lager war.

Sein Kopf schmerzte. Ein pochender, rhythmischer Schmerz, als würde ein Specht nach Würmern in den Gehirnwindungen fahnden. Mühsam versuchte Karl-Heinz Jakobi, sich ins Gedächtnis zu rufen, was geschehen und wie er hierher gekommen war. Nur langsam begann er sich zu erinnern.

Den gestrigen Abend hatte er in seiner Stammkneipe verbracht und sich einen über den Durst genehmigt. Der Schmuck, den er Tage vorher bei einem Einbruch kassiert hatte, bestand aus hochwertigem Gold. Ein Stempel zeigte die Einprägung mit der Ziffernfolge 7-5-0. Auch die Steine waren durchweg von hoher Qualität. Der Hehler seines Vertrauens hatte sich nicht lumpen lassen und einen ordentlichen Preis gezahlt, unter der Hand natürlich. Es war ein guter Bruch. Wie immer, wenn alles zu seiner vollsten Zufriedenheit geklappt hatte, feierte er den Erfolg mit Hochprozentigem in seiner Stammkneipe.

Als ihm am späten Abend unerwartet ein Doppelkorn spendiert wurde und er sich erstaunt nach dem Gönner umschaute, verspürte er einen kurzen Augenblick lang ein mulmiges Gefühl. Der Mann, der ihn einlud, war ein alter Bekannter, Alexander Sternberg. Freunde waren sie nicht, im Gegenteil. Der Richter hatte mehrmals über ihn geurteilt, wegen Einbruch und Diebstahl. Wie bei all seinen Prozessen lag das Strafmaß im oberen Bereich. Den Namen Richter Gnadenlos hatte ihm die Presse verliehen.

Zurecht, wie Angeklagte und Kollegen gleichermaßen fanden. Auch ihm gegenüber war der Staatsdiener alles andere als nachsichtig gewesen. Als er allerdings erfuhr, dass der alte Haudegen seit einem Jahr in Pension war, revanchierte sich Jakobi seinerseits mit einem Doppelten.

„Auf die wilden Zeiten", prostete er dem pensionierten Richter zu.

„Auf die Gerechtigkeit", antwortete Sternberg mit einem Lächeln.

Es blieb nicht bei dem einem Glas. Der Alte hatte getrunken wie ein Loch. Mehr als Jakobi dem Ergrauten zugetraut hatte.

Letztmalig begegnet war er dem Richter nach dem Tod der Mutter, als die Polizei ihn verdächtigt hatte, er hätte den tragischen Absturz in den Keller verursacht. Genickbruch. Die erste Strafkammer unter der Führung Sternbergs musste ihn jedoch freisprechen. Kriminalbeamte fanden keine Spuren, die bewiesen, dass nachgeholfen worden war. Selbst ein Gutachter konnte nicht zweifelsfrei bestätigen, dass ausschließlich Fremdverschulden den Tod verursacht haben musste. Ein Unfall schien genauso wahrscheinlich. Zwar war Jakobi als Krimineller kein unbeschriebenes Blatt, dem damaligen Staatsanwalt lag eine umfassende Akte diverser Delikte vor, Gewalt in dieser Dimension wäre jedoch eine neue Qualität gewesen. Einzig eine bescheidene Erbschaft galt als mögliches Motiv. Mord aus Gier oder Neid argumentierte halbherzig der Ankläger, der sich wohl der dünnen Indizien bewusst gewesen war. Nichts davon war überzeugend genug, Jakobi für ein Kapitalverbrechen zu verurteilen. In dubio pro reo. Im Zweifel für den Angeklagten. Er wurde freigesprochen.

Unter vier Augen auf dem Flur des Gerichts machte Richter Sternberg anschließend keinen Hehl daraus, dass er und die überwiegende Mehrheit der im Saal Anwesenden ihn für schuldig hielten.

„Bin ich auch, nur beweisen können Sie es nicht!", hatte Jakobi ihm süffisant ins Ohr geflüstert und dem verdutzten Juristen wie einem fleißigen Ackergaul auf die Schulter geklopft.

„Man sieht sich immer zweimal im Leben", gab Sternberg ihm wütend mit auf den Weg. „Typen wie Sie hätte man früher aufgeknüpft."

Damals hatte Jakobi es mit einem amüsierten Kopfschütteln quittiert.

Wahrscheinlich hatte der alte Richter ihm K.-o.-Tropfen oder ein anderes Narkotikum ins Glas getan. Anschließend musste er ihn hierher gebracht haben. Für den Alten war das allein unmöglich. Es musste Helfer geben.

Aus seinen Gedanken gerissen schaute Karl-Heinz Jakobi sich erneut um. „Hilfe! Verdammt! Ist denn niemand hier?"

Wo immer sich dieser vergessene Kühlraum befand, nicht der leiseste Ton schien ihn zu verlassen. Er begann, wütend zu fluchen. Auch das verhallte ungehört. Seine Beine schmerzten unerträglich. Die Angst, durch einen Krampf das Gleichgewicht zu verlieren, ließ ihn panisch werden. Mit aller Kraft zerrte er an den Ketten. Es war sinnlos. Dennoch versuchte er es weiter.

Erst als die schwere Stahltür ins Schloss fiel, bemerkte er, dass er nicht mehr alleine war. Noch konnte er nicht erkennen, um wen es sich handelte. Dieser Teil des Lagers war nur unzureichend ausgeleuchtet. Die Person schob einen Tisch oder Wagen, wie man ihn in Krankenhäusern für Patienten verwendete, auf ihn zu. Das Mobiliar musste alt sein, denn die Geräusche, die seine Räder verursachten, verrieten, dass die Kugellager seit Jahren trocken waren. Auf der Tischplatte stand ein modernes Notebook.

Die Person, die den Wagen schob, war eine Frau, Ende sechzig, in ein schlichtes anthrazitfarbenes Businesskostüm gekleidet. Ihr Haar, grau, hochgesteckt, erinnerte an eine Beamtin, die ihr Leben in einem Büro gefristet hatte.

Jakobi hatte das Gefühl, ihr schon einmal begegnet zu sein, nur wo das gewesen war, wusste er nicht.

„Helfen Sie mir! Ich flehe Sie an. Machen Sie mich los", flüsterte er aus Furcht, jemand anderes als die alte Dame könnte ihn hören.

Sie schien ihn nicht wahrzunehmen und konzentrierte sich darauf, das Notebook anzuschalten. Der Rechner meldete sich mit dem bekannten Signal. Eindeutig beherrschte die alte Dame die moderne Technik nur unzureichend, denn nur ungelenk schob sie die Maus hin und her. Mehrfach klickend öffnete sie eine Anwendung. Erleichtert nickte sie und drehte den Bildschirm in seine Richtung. Das Abbild Justitia war zu sehen. Darunter der Schriftzug:

Im Namen des Volkes!

„Bitte helfen Sie mir. Das ist alles ein Irrtum", versuchte es Jakobi erneut.

„Können Sie gut sehen? Oder blendet das Licht auf dem Bildschirm?"

Entgeistert starrte er die Frau an. „Ich verstehe nicht, was Sie meinen."

„Es ist immanent wichtig, dass Sie das Prozedere gut verfolgen können. Ich bin verantwortlich dafür. Alles muss seine Richtigkeit haben. Verstehen Sie? Wir legen da besonderen Wert darauf. Also, können Sie gut sehen? Ja oder nein?"

Das Abbild der Göttin war verschwunden. Der Bildschirm war jetzt weiß, abgesehen von einer Menüleiste, deren Zweck Jakobi verschlossen blieb.

„Junger Mann, ich habe nicht ewig Zeit. Ich warte auf Ihre Antwort."

Plötzlich erinnerte er sich, woher er die Grauhaarige kannte. Sie war jene Gerichtsschreiberin, die seinen Prozess begleitet hatte. Mechanisch und kommentarlos hatte sie jedes gesprochene Wort dokumentiert.

Statt eine Antwort zu geben, nickte Jakobi ihr zu. Zufrieden begab sie sich daraufhin in Richtung Ausgang.

„Wo wollen Sie hin? Verdammt! Lassen Sie mich nicht allein. Um Gottes Willen, rufen Sie die Polizei, die Feuerwehr, von mir aus den Hausmeister."

Ohne stehen zu bleiben oder sich umzudrehen, erwiderte die Frau mit gedrückter Stimme: „Ich darf gar nicht mit Ihnen reden.

Mir ist das untersagt. Haben Sie bitte ein bisschen Geduld. Sie sind gleich dran."

Die schwere Stahltür fiel in Schloss. Jakobi war wieder allein. Sekundenlang glaubte er, seinen Herzschlag zu hören. Er spürte, dass er zitterte. Es war nicht gut, hier zu sein. Ein Flackern auf dem Bildschirm riss ihn aus den Gedanken. Das Foto eines Mannes war zu sehen und ein fremder Name: Arne Pauli. Verdammt, wer war Arne Pauli? Dann erschien ein neues Dokument.

Im Namen des Volkes – Gerichtsverhandlung
Anonyme Schöffen gegen Arne Pauli
Dem Beschuldigten wird vorgeworfen, Frau Susanne Stelziger brutal und aus niedrigen Gründen ermordet zu haben.

Eine kurze Begründung folgte, die Jakobi ungläubig überflog. Zu sehr war er von den beiden Bildchen beeindruckt, die sich am Ende des Dokuments befanden. Ein aufrecht gestreckter Daumen verriet, wie vielen Usern die Online-Gerichtsverhandlung gefiel – dreizehntausendneunhundertsiebenundachtzig. Der andere, nach unten gerichtete, konnte nur mit einhundertvierundzwanzig aufwarten. Wenige Sekunden später öffnete sich erneut eine Meldung:

Die Verhandlung ist abgeschlossen. Alle relevanten Daten zu dem Fall sind im Ordner AP/2019/17 archiviert. Bevor Sie entscheiden können, bestätigen Sie bitte, dass Sie den Sachverhalt gelesen, die Datenschutzbestimmungen und die Allgemeinen Geschäftsbedingungen verstanden haben.

Wieder eine Pause, dann eine weitere Meldung.

Nach Sichtung der Unterlagen und Abwägung der vorliegenden Beweise bitten wir alle Anonymen Schöffen in den kommenden zwei Minuten ihr Urteil zu fällen.
Entschieden wird nach Aktenlage.

Entsetzt starrte Karl-Heinz Jakobi auf die Zeilen. Das waren doch keine Nutzungsbedingungen irgendwelcher Internetgiganten, die niemand las und deren Akzeptanz dennoch notwendig war, um den Download zu starten. Hier ging es um ihn. Susanne Stelziger war ihm völlig unbekannt. Den Namen Arne Pauli hatte er ebenfalls noch nie gehört. Mit diesem Fall hatte er nichts zu tun.

„Ist das ein Witz? Was soll das? Ich heiße Karl-Heinz Jakobi. Ich habe nichts mit dem Verbrechen zu tun", versuchte er verzweifelt dem Bildschirm den Irrtum zu erklären. Ohne Erfolg. Eine neue Meldung ließ die alte verschwinden:

Bitte geben Sie jetzt Ihre Stimme ab!

Drei Buttons standen zur Auswahl.

Schuldig? Unschuldig? Weiß nicht?

„Ich habe die Frau nicht umgebracht!", brüllte er, so laut er konnte. Sie mussten ihn doch hören. Er war sich sicher, dass sie den Irrtum noch bemerken würden.

„Wer immer für dieses Schmierentheater verantwortlich ist, Susanne Stelziger wurde nicht durch meine Hand ermordet. Hört mich denn niemand?"

Ohne zu wollen, fing er plötzlich an zu lachen. Ein hysterisches, hilfloses Gekicher, das sich nicht beherrschen ließ. Fast blieb ihm die Luft weg und die Frage, ob man daran ersticken konnte, ging ihm durch den Kopf. Absurd, dachte er, das ist ein Albtraum.

Als neben der Meldung eine Eieruhr sich rhythmisch zu drehen begann, erstarb sein Lachen.

Schuldig?
Unschuldig?
Weiß nicht?

standen nun untereinander. Grüne Grafiken zeigten, wie viele Prozent der Anonymen Schöffen schon entschieden hatten.

Endlos langsam krochen die Balken von links nach rechts. Keiner schien einen Vorsprung zu haben. Der Internetempfang war offensichtlich nicht der beste.

Jakobi zerrte erneut mit aller Kraft an seinen Handfesseln, spürte aber nur, wie sie tief in sein Fleisch schnitten. Wie lange die Prozedur dauern würde, konnte er unmöglich einschätzen. Wer immer auch jene waren, die mit einem einzigen Mausklick im Namen des Volkes entschieden, sie irrten. Die Vorstellung, dass Hausfrauen, Harz-IV-Empfänger, Versicherungsvertreter oder pensionierte Lehrer für die Urteilsverkündung verantwortlich zeichneten, ließ ihn blass werden. Auch wie viele User ihre Stimmen abgegeben hatten und ob sie für oder gegen Arne Pauli votierten, war nicht zu erkennen.

Wieder versuchte er, sich Gehör zu verschaffen. „Sie begehen einen schrecklichen Fehler!"

Er zwang sich zu ruhigen Worten. „Ich bitte Sie inständig! Hören Sie mich an. Jeder Beschuldigte hat doch das Recht, sich zu verteidigen."

Außer dem pfeifenden Geräusch des Notebook-Lüfters hörte er nichts. Er war der Gnade der Anonymen Schöffen ausgesetzt.

Zwei der Balken auf dem Bildschirm überschritten die Hälfte und schienen plötzlich zu verharren. *Weiß nicht?* war nach einem Drittel die Puste ausgegangen. Auch wenn keine Entwicklung zu sehen war, das stetige Drehen der Eieruhr verriet, dass der Rechner nicht abgestürzt sein konnte.

Plötzlich machten die grünschimmernden Balken einen Ruck und standen im letzten Viertel der Anzeige. Wahrscheinlich hatte es Download-Probleme oder Unregelmäßigkeiten bei der grafischen Darstellung gegeben. Gnadenlos verrann die Zeit. Jakobi versuchte, ein Bein anzuheben und gleichzeitig die gebundenen Hände nach unten zu bewegen. Sein Versuch führte lediglich dazu, dass die Fußbank gefährlich zu knarren begann. Ein Signalton ließ ihn erstarren.

Das Ergebnis stand fest. Die Anonymen Schöffen hatten ihr Urteil gefällt. Eindeutig, wie sich zeigte. Zwei Drittel hielten ihn für schuldig. Wieder öffnete sich ein Fenster auf dem Bildschirm.

Das Urteil ist rechtskräftig und wird sofort vollstreckt!

„Seid ihr bescheuert? Ich habe damit ...“ Jakobi verschluckte den Rest des Satzes. Die elektrische Seilwinde schaltete sich plötzlich an. Langsam begann die Trommel das ausgelegte Stahlkabel aufzurollen.

„Mein Name ist Karl-Heinz Jakobi! Das ist ein schrecklicher Irrtum. Das ist eine Verwechselung! Ihr verdammten Schweine! Ihr könnt mich doch nicht lynchen. Hilfe!“ Tränen liefen über sein Gesicht. Er zitterte. Das Bedürfnis zu schreien kündigte sich nicht an. Jakobi schrie einfach. Ein unbewusstes Entladen der Angst. Die letzte Schlaufe wurde aufgerollt. Das Drahtseil spannte sich. Die Seilwinde zog gnadenlos die Fußbank über die Fliesen. Je mehr er sich bemühte, das Gleichgewicht zu halten, je dichter zog sich die Schlinge um seinen Hals zu. Einen Augenblick vermochte er noch auf den Zehenspitzen zu balancieren, dann geschah, was geschehen musste. Er baumelte. Sein Körper zuckte in einem Kampf, den er nicht gewinnen konnte. Er würde sterben für ein Verbrechen, das er nicht zu verantworten hatte. Alles Aufbäumen war sinnlos. Längst hatte er die Kontrolle verloren. Dunkelheit umschloss ihn.

Als Karl-Heinz Jakobi wieder zu sich kam, glaubte er, alles sei nur ein schrecklicher Albtraum gewesen. Dennoch brannte sein Hals unerträglich, als sei er verdorrt. Auch die Beine schmerzten ungewöhnlich stark. Jemand stützte ihn. Erst als sich seine Muskeln wieder spannten, ließ die Person ihn los.

Jakobi versuchte mit den Händen nach den Waden zu greifen, um sie ein wenig zu massieren. Doch als er in die Knie gehen wollte, spürte er erneut das Ziehen am Hals. Da wusste Karl-Heinz Jakobi, er stand wieder auf der Fußbank. Es war kein Traum gewesen.

Der Mann, der ihn gestützt hatte, trat einen Schritt vor. Es war der pensionierte Richter Franz Sternberg. Nervös wischte der sich den Schweiß von der Stirn. „Entschuldigen Sie die Verwechselung. Das ist mir sehr unangenehm. So etwas darf eigentlich nicht passieren."

„Sie wollten mich umbringen!"

„Nicht umbringen, richten. Das ist ein großer Unterschied."

„Sie haben mich vom Mordvorwurf gegen meine Mutter freigesprochen."

„Da hatten Sie die Tat auch noch nicht gestanden. Erinnern Sie sich an unser kleines Gespräch auf dem Gerichtsflur. *Nur beweisen könne ich es nicht!* Ihre Worte!"

„Das war ein Scherz!"

Sternberg schaute ihn einen Augenblick lang irritiert an und zuckte dann die Schultern. „Das zu beurteilen, obliegt nicht mehr meiner Verantwortung. Moderne Zeiten verlangen moderne Lösungen."

Die Gerichtsschreiberin hantierte derweilen ungeschickt mit der Maus.

„Irmtraud!", mahnte der Richter in einer Mischung aus Strenge und Nachsichtigkeit. „Sie müssen wirklich genau hinschauen! So ein Fehler ist unverzeihlich."

Betroffen und sichtlich mitgenommen schaute die alte Gerichtsschreiberin Jakobi entschuldigend an. „Sie glauben gar nicht, wie peinlich mir das ist. Dummerweise habe ich die falsche Akte ausgewählt. Meine Augen sind nicht mehr die besten", gestand sie und klickte mit der Maus auf den richtigen Ordner.

Im Namen des Volkes – Gerichtsverhandlung
Anonyme Schöffen gegen Karl-Heinz Jakobi

Kinder sind die Zukunft

Ich möchte noch heute den Totenschädel des Mannes
streicheln, der die Ferien erfunden hat.

JEAN PAUL

Der erste aufreibende Termin im neuen Schuljahr war die Einschulung. Die Lehrerin Henrike Hiller hasste diesen Tag. Die Begegnung mit den Erstklässlern war stets anstrengend, weniger der Kinder als vielmehr der aufgeregten und zunehmend realitätsfremden Eltern wegen, die wie lästige Fliegen um den Nachwuchs schwirrten. Trotz des engen Zeitrahmens war zusätzlich eine kurze Beratung mit dem Schulleiter anberaumt. Ein paar Anweisungen, die am grünen Tisch erdacht worden waren, mussten verkündet werden. Durchweg Maßnahmen und Verhaltensvorgaben, die das Betragen in der Hofpause betrafen. Welche Klassenstufe durfte wann, was mit auf den Hof nehmen. Schulstullen, Getränke, Bälle, Handys – für jede Eventualität hatte die Schulaufsicht klare Festlegungen getroffen. Gefragt wurde niemand vom praktizierenden pädagogischen Personal und eine Diskussion, ob die Ideen der Behörde sinnvoll waren, fand nicht statt. Henrike Hiller nahm die Belehrungen des Schulleiters zur Kenntnis, ärgerliche Nichtigkeiten, aber nicht zu ändern.

Anschließend folgte der feierliche Empfang in der Aula. Zuckertüten, die zuweilen größer waren, als sie die Erstklässler tragen konnten. Aufregung in allen Gesichtern, ob alt oder jung. Fotos und Videos wurden aus jedem erdenklichen Blickwinkel gemacht, als gäben berühmte Stars sich die Ehre. Nachdem die Eltern nach der offiziellen Begrüßung ihre Schützlinge in die Klasse gebracht, mit gutgemeinten Hinweisen überschüttet und endlich den Raum verlassen hatten, kehrte Ruhe ein. Erwartungsvoll richteten sich die Blicke der Kinder auf Henrike Hiller.

Nach fast vierzig Jahren Berufserfahrung hatte die Lehrerin ein untrügliches Gefühl, was die Zukunft ihrer Schüler anging entwickelt. Sobald die Kleinen das erste Mal ruhig auf ihren Stühlen saßen und sie neugierig oder schüchtern ansahen, wusste sie instinktiv, wie deren Zukunft aussah. Kinderaugen sind verräterisch. Deutlich erkennbar war für Henrike, wer von ihren Schülern künftig scheitern oder wer erfolgreich sein würde. Auch die Einschätzung, bei welchem Schützling das Gute und bei welchem das Schlechte die Oberhand gewinnen würde, dauerte nur den Bruchteil einer Sekunde.

Dennoch behandelte sie in all den Jahren alle Schüler gleich, förderte intensiv die künftigen Enttäuschungen, gab niemanden auf, immer in der Hoffnung, sich zu irren. Ein Wunsch, der sich jedoch in ihrer Dienstzeit nie erfüllt hatte. Stets behielt sie recht. Traf sie ehemalige Schüler auf der Straße und berichteten diese von ihrem Leben, bestätigten sich ihre Prognosen ein aufs andere Mal. Jahrelang hatte sie dem Bauchgefühl misstraut, wider besseres Wissen.

Auch damals, als Dennis sie am ersten Schultag mit seinen kalten Augen abschätzend betrachtet hatte, war sie sich sicher gewesen, nichts Gutes würde von ihm zu erwarten sein. Erschrocken und sich selbst ermahnend, verdrängte sie damals das Gefühl und bemühte sich besonders um diesen Jungen. Erfolglos, wie sie Jahre später erfahren musste. Ihre schlimme Vorahnung hatte sich bestätigt. Kaum volljährig hatte Dennis einen Menschen kaltblütig umgebracht, aus purer Neugier, wie der Richter bei der Urteilsverkündung bemerkt hatte. Henrike Hiller hatte sich monatelang schuldig gefühlt und erst durch professionelle Hilfe war es ihr gelungen, das Trauma zu überwinden.

Die Erinnerung an diesen Schüler ließ Henrike den Blick über die neue Klasse gleiten. Jedes Gesicht betrachtete sie einen Augenblick lang und lächelte den erwartungsvollen Kinderaugen freundlich zu. Bei dem Jungen in der zweiten Reihe, dessen Blick starr auf sie gerichtet war, verweilte sie ein paar Sekunden länger. Ein Schauer lief ihr über den Rücken. Es war das gleiche ohnmächtige Gefühl wie damals. Eine Vorahnung, von der Henrike Hiller überzeugt war, dass sie sich bestätigen würde. Diesmal gedachte sie, auf ihren Bauch zu hören.

Was sagte seine Mutter vorhin, bevor sie mit besorgtem Blick den Raum verließ? „Mein Sohn ist hochgradig allergisch gegen Bienenstiche." *Lebensgefahr* war das Wort, das sie übermäßig betont hatte.

Gut zu wissen, dachte Henrike Hiller.

Bienen gab es ausreichend in ihrem kleinen Garten. Nicht leicht zu fangen, aber mit Geduld sollte ihr das gelingen. Das Insekt in die Trinkflasche zu schmuggeln, dürfte dagegen ein Leichtes sein. Die Lehrerin Henrike Hiller nickte zufrieden bei diesem Gedanken. Sie würde ihren damaligen Fehler korrigieren und der Welt Gutes tun.

Mit einem Lächeln erinnerte sie sich daran, dass der Schulleiter am Morgen angewiesen hatte, dass ab dem neuen Schuljahr auch die ersten Klassen Trinkflaschen mit auf den Hof nehmen durften.

Der perfekteste aller Männer

*Die erste Wirkung
einer Anpassung an andere ist,
dass man langweilig wird.*

ELIAS CANETTI

Drei Tage nach seinem fünfunddreißigsten Geburtstag änderte sich für Egon Jungnickel alles. Ein Stromausfall in der Firma hatte die Geschäftsführung veranlasst, die Mitarbeiter zum Abbummeln der Überstunden zu verpflichten.

Nun stand er am späten Vormittag im Schlafzimmer, schüttelte enttäuscht den Kopf und überlegte, wie er den Kindern das Verschwinden ihrer Mutter erklären konnte.

Egon Jungnickel war ein aufmerksamer Ehemann, ein liebevoller Vater zweier Kinder, die nicht seine Gene trugen, und ein Schwiegersohn, der einem alten Heimatfilm entsprungen zu sein schien. Er liebte seine Frau und war immerfort bemüht, ihr alle Wünsche von den Augen abzulesen. Es gab nichts, was er nicht für sie tat. Stets adrett gekleidet hatte er mit den Jahren ein Gespür für modische Trends entwickelt. Penibel achtete er auf seine körperliche Konstitution, vermied Bauchansatz, pflegte die Haut mit verschiedenen Emulsionen und war immer anständig rasiert. Er besuchte regelmäßig den Friseur und ließ Finger- und Fußnägel kürzen. Hornhaut war ein Fremdwort für ihn. Die Haare auf dem Rücken, der Brust und im Intimbereich bekämpfte das Studio *Hairfree* mit heißem, flüssigen Wachs oder Enthaarungscreme. Seine Frau mochte keine Stoppeln. Lästige Nasen- und Ohrhaare wurden wöchentlich geschnitten.

Jungnickel verfügte über einen Doktortitel und arbeitete als Ingenieur in einer renommierten Firma. Er verdiente gut und einige von ihm entwickelte Patente sorgten dafür, dass er seiner Frau und der Familie fast jeden Wunsch erfüllen konnte. Beruflich in einer respektablen Position wurde er von der Geschäftsführung genauso geachtet wie von den Kollegen. Die Adjektive eloquent, witzig und sympathisch wurden regelmäßig verwendet.

Er teilte sich mit seiner Frau die Arbeit im Haushalt genauso wie in der Erziehung. Um ihre stotternde Karriere als Heilpraktikerin zu fördern, hatte er für das laufende Jahr die Stundenanzahl reduziert. Freitags kümmerte er sich ganztägig um den Einkauf und die Reinigung des Einfamilienhauses. Er kochte regelmäßig für den Sonnabend vor und erledigte mit den Kindern anfallende Arzttermine.

Den Freundeskreis hatte er schon am Anfang ihrer Beziehung auf die Befindlichkeiten seiner Frau abgeglichen, alberne Hobbys der Vergangenheit überlassen und stattdessen sich den Anforderungen des Paartanzes gestellt. Cha-Cha-Cha, Samba, Rumba, Jive und Paso doble gehörten genauso zu seinem Repertoire wie Walzer, Quickstepp und Slowfox. Discofox, Foxtrott, Rock 'n' Roll, Tango Argentino und Salsa beherrschte er ebenfalls. Und er konnte gut führen.

Selbst im Bett achtete er penibel darauf, dass die Bedürfnisse seiner Frau erfüllt wurden. Er hatte sich Kenntnisse in der Tantra-Philosophie angeeignet und speziell die sexualmagischen Praktiken studiert. Er beherrschte sich so lange, wie sie es wünschte, und kam, wann es ihr genehm war. Das Spiel mit ihren erogenen Zonen hatte er längst perfektioniert. Auch war für ihn der G-Punkt kein Mysterium. Vor zwei Jahren hatte er ohne Diskussion die Verantwortung für die Familienplanung übernommen und sich sterilisieren lassen.

Ihr zuliebe entsagte er sogar der kulinarischen Fleischeslust. Er lebte gesund, basisch neutral, aß vegan und achtete dabei auf Fair Trade. Mehrere Kochkurse hatten sein Wissen vervielfältigt und mit einigem Recht durfte er die Küche sein Terrain nennen.

Den Kindern seiner Frau war er ein guter Vater, Spielkamerad und Schulaufgabenbetreuer. Er schimpfte nie, sondern erzog die beiden mit Liebe. Er war geduldig, nahm sich Zeit für die kleinen und großen Probleme, nie genervt, dennoch konsequent ohne seine Macht als Erwachsener auszunutzen. Die Kinder liebten ihn und er liebte sie.

Egon Jungnickel bezeichnete sich als Feministen und achtete peinlich darauf, auch rein sprachlich die Ungerechtigkeit der zweitausendjährigen Unterdrückung vergessen zu machen. Er vergötterte seine Frau, schenkte ihr häufig, wenn auch nicht regelmäßig, Blumen, kaufte ihr gerne wertvollen Schmuck oder besorgte Karten für kulturelle Highlights, selbst wenn diese nicht seinen Geschmack trafen. Er massierte ohne Aufforderung ihren Nacken, ihren Rücken oder ihre Füße. Stundenlang hörte er zu, um die wirtschaftlichen Probleme einer Heilpraktikerin zu verstehen, gab bei Bedarf Ratschläge und sprach ihr Mut zu. Auch hatte er das gemeinsame Spazierengehen als beziehungsverbindende Maßnahme verinnerlicht.

Egon Jungnickel war der perfekte Mann und gäbe es einen Preis, der den besten aller maskulinen Humanoiden auszeichnen würde, er hätte ihn wirklich verdient.

Doch jetzt stand Egon Jungnickel ratlos im Schlafzimmer. Alles würde sich verändern, daran gab es keinen Zweifel. Er bemühte den ingenieurtechnisch versierten Verstand. Probleme zu lösen, gehörte zum täglichen Geschäft.

Bedauernd schaute er sich um. Auf dem Bett saß ein nackter Kerl, den er seinen Lebtag vorher nie gesehen hatte. Die Handgelenke waren mit seinen Chanel-Seidenschlipsen am Bettgestell fixiert. Der Unbekannte war stark behaart, korpulent und machte einen südländischen Eindruck. Auf Herzhöhe steckte bis zum Griff ein Küchenmesser. Es war das Handlichste der hochwertigen Messer aus der Küche. Egon Jungnickel hatte es mit Bedacht gewählt.

Seine untreue Frau lag mit zertrümmertem Schädel auf dem Teppich. Daneben ein dreihundert Gramm schwerer Peddinghaus-Schlosserhammer. Ein Geschenk, das er von seiner Schwiegermutter zum Geburtstag bekommen hatte. Vor drei Tagen sah er noch keine Verwendung dafür, aber nun war er doch froh, dass das Werkzeug griffbereit in der Werkzeugkiste gelegen hatte.

Als das geheime Familienklingelzeichen verriet, dass die Schule zu Ende war, beschloss Egon, mit den Kindern erst einmal in den Zoo zu fahren. Eine Überraschung sozusagen, weil er doch früher als üblich nach Hause gekommen war. Leise schloss er die Schlafzimmertür ab. Später würde er sich in Ruhe um alle anderen Probleme kümmern.

Verführerische Köstlichkeit

Mit bösen Worten, die man ungesagt hinunterschluckt,
hat sich noch niemand den Magen verdorben.

WINSTON CHURCHILL

Kaum hatte Rüdiger Krause die Wohnungstür ins Schloss fallenlassen, nahm er die verschiedensten Düfte wahr. Vanille, Zimt, Nuss, Koriander, Mandel. Genüsslich zog er sie in die Nase ein. Erinnerungen an die Kindheit wurden wach. Ein Lächeln huschte über sein Gesicht. Erst dann bemerkte er den kleinen roten Nikolausstiefel auf seinem Abtreter. Er war bis zur Kante mit Keksen gefüllt.

Heute ist der sechste Dezember, Nikolaus, ging es ihm durch den Kopf. Erfreut über die unerwartete Überraschung hob er den Stiefel auf und betrachtete neugierig den Inhalt. Zimtsterne, Kokosmakronen, Mürbeteigplätzchen mit Schokoladenüberzug, Vanillekipferl.

Auf dem Weg nach unten stellte er fest, dass vor jeder Wohnungstür ein roter Stiefel stand. Die einzige Ausnahme war die Wohnung der von allen gehassten Konradi.

Da er immer der Erste war, der morgens aus dem Haus ging, konnte Rüdiger Krause ausschließen, dass die Alte die Überraschung schon gefunden hatte. Er schmunzelte über die kleine Gehässigkeit und zischte, als er an ihrer Tür vorbeiging: „So eine Hexe wie du hat auch keine Kekse verdient!"

Erst als er auf der Straße stand, wurde er sich seiner Gehässigkeit bewusst und obwohl niemand die Worte gehört hatte, schämte sich Rüdiger Krause ein wenig. Immerhin wohnte Almut Konradi länger im Haus als er. Sicher, sie war eigenartig und ihre Neugier lästig, aber wer nicht wollte, musste ja nicht mit ihr reden. Früher war sie freundlicher gewesen, stets hilfsbereit und für alle Bewohner des Aufganges eine Art Concierge. Sie nahm Päckchen entgegen, kümmerte sich um die Pflanzen, wenn jemand in den Urlaub fuhr oder ließ den Ablesedienst in die Wohnung, sollte es einem arbeitsbedingt unmöglich sein.

Geändert hatte sich das Verhältnis erst, als der Vermieter allen Bewohnern des Hauses ein unglaublich günstiges Angebot unterbreitet hatte, der den Kauf der eigenen vier Wände ermöglichte. Weit unter Preis, mit langen Laufzeiten und Sonderreglungen bei Zahlungsengpässen. Das Verhältnis zwischen Vermieter und Mieter war seit je her ein ausgesprochen gutes.

Der in die Jahre gekommene Besitzer des alten im Biedermeierstil gebauten Hauses hatte kein Interesse mehr daran, sich um verwaltungstechnische Dinge oder Reparaturen zu kümmern. Leben und leben lassen war eine seiner Prämissen. Geld besaß er genug und die Jahre, die ihm blieben, durften nicht ausreichen, die beträchtlichen Ersparnisse aufzubrauchen. Er hielt es für eine gute Idee, die Wohnungen an die Mieter zu veräußern. Sicherlich, es gab einiges zu tun. Das Dach musste in den kommenden Jahren neu gedeckt werden und die Frontseite bedurfte eines Anstrichs. Einer Finanzierung durch die Bank stand nichts im Wege. Einzige Bedingung: Alle Bewohner des Hauses mussten dem Kauf zustimmen.

Bis auf Frau Konradi waren alle einverstanden. Es lohne sich für sie nicht mehr, eine Wohnung zu erwerben. Die Alternative, in eine andere, sogar hochwertigere zu ziehen, schloss sie rigoros aus. Sie habe ihr Leben hier verbracht. Einen alten Baum verpflanzt man nicht mehr, hatte sie entrüstet auf der Mieterversammlung verkündet und die Diskussion für beendet erklärt.

Rüdiger Krause atmete tief die kalte Morgenluft ein, schob den Stiefel mit den Keksen in seine Arbeitstasche und ging Richtung Straßenbahn.

Jeder Versuch, die Alte zu überzeugen, war an ihrer Sturheit abgeperlt. Weder ein Platz in einem Luxusaltenheim, noch eine beträchtliche Summe, auf die sich alle anderen im Aufgang geeinigt hatten, änderte ihre Haltung. Der Deal mit dem Vermieter drohte zu platzen. Bis zum Jahresende blieb noch Zeit. Danach würde eine Immobiliengesellschaft den Zuschlag erhalten. Miet-erhöhungen wären die Folge, möglicherweise sogar Klagen auf Eigenbedarf.

Wer damit begonnen hatte Almut Konradi durch Gemeinheiten unter Druck zu setzen, wusste Rüdiger Krause nicht genau. Schon im Sommer wurden ihre Geranien, auf die sie immer stolz war, mit kochendem Wasser gegossen. Briefe verschwanden, Sicherungen wurden entfernt. Nachts wurde sie aus dem Bett geklingelt, ohne dass sich jemand zeigte. Permanente Telefonanrufe sollten sie mürbe machen, genauso wie laute Musik, penetrante Unfreund-lichkeit und zunehmend diffuse Andeutungen über denkbare Schadensszenarien.

„Sie leben allein. Die Welt ist nicht gut. Die Jüngste sind Sie auch nicht mehr. Haben Sie keine Angst vor einem Treppensturz? Stel-len Sie sich vor, Fremde lauern Ihnen auf. Es wird eingebrochen. Jemand düngt den Salat in ihrem albernen Hochbeet mit einem giftigen Insektizid."

Nichts hatte geholfen.

An der Haltestelle kam Rüdiger Krause der Gedanke, dass die Kekse von der Konradi waren. Vor ihrer Tür hatte keine Überra-schung gestanden. Früher hatte sie in der Vorweihnachtszeit oft gebacken und der Duft den ganzen Hausaufgang gefüllt, erinnerte er sich dunkel. Erstaunt nahm er den Stiefel aus seiner Tasche und betrachtete ihn skeptisch. Wahrscheinlich versucht sie, sich ein-zukratzen und mit den Köstlichkeiten die Meinung der anderen Bewohner zu beeinflussen, ging es ihm durch den Kopf. Ein billi-ger Bestechungsversuch. Durchsichtig und albern.

Die letzte Chance der Hausbewohner war, die Alte entmün-digen zu lassen. Dem Gutachter hatten sie einen Umschlag mit einer beträchtlichen Summe zugesteckt. Seine Einschätzung durfte überzeugend sein. Eine gerichtliche Anordnung, nach wel-cher die Betroffene ihre Geschäftsfähigkeit eingebüßt habe und einen gesetzlichen Vertreter erhielt, wurde noch vor den Feierta-gen erwartet.

Noch einmal schnupperte Rüdiger Krause an den Keksen. So

leicht war er nicht zu verführen. Als die Straßenbahn einfuhr, warf er den Stiefel kopfschüttelnd in den Papierkorb und stieg ein.

Die anderen Bewohner des Hauses hatten weniger Glück. Auch sie freuten sich über die kleine Überraschung und schnupperten ebenfalls an den Keksen. Vanille, Zimt, Nuss, Koriander, Mandel. Nur dass der Duft der Mandeln nicht von den Früchten des gleichnamigen Baumes stammte, sondern von den Zyankalikristallen, die Almut Konradi dem Gebäck beigemischt hatte, begriffen sie, wenn überhaupt, zu spät.

Der Weihnachtshirsch

*Die besinnlichen Tage zwischen Weihnachten und Neujahr
haben schon manchen um die Besinnung gebracht.*

JOACHIM RINGELNATZ

Die Wochen vor Weihnachten gehörten für Petra Weinreich zu
den stressigsten des Jahres. Es bedurfte ihrer ganzen Aufmerksamkeit und Konzentration, um den Abend der Abende angemessen
zu inszenieren. Widerspruch gegen die Vorbereitung der umfassen-
den Gemütlichkeit betrachtete sie als Affront gegen ihre Bemühungen, das Fest der Liebe zu einem unvergesslichen Erlebnis zu
machen.

Ihr Mann, Ralf Weinreich, duldete ihren Spleen für perfekte
Besinnlichkeitsarrangements, auch wenn ihm jegliches Verständnis
für derartige Übertreibungen fehlte. Petras Ziel, zum dritten Mal
den Wettbewerb des Kulturamtes – *Die besinnlichste Weihnachtswohnung* – zu gewinnen, musste alles andere untergeordnet werden.
Ein Konflikt, der jedes Jahr zu erheblichen Spannungen zwischen
dem Ehepaar führte.

Vorausschauend hatte Petra diesen Punkt nicht nur bis ins Detail
vor ihrer Hochzeit diskutiert, sondern ihn auch in der Eheverein-
barung unter dem Absatz *Sonstiges* aufgenommen.

*Festtagsübliche Gestaltungen obliegen in Art, Umfang und Zeitraum
ausschließlich der Verantwortung des Vertragspartners 1. Vertragspartner 2 verpflichtet sich zu einer angemessenen Unterstützung. Ausnahmen
von dieser Festlegung sind nur im Falle höherer Gewalt oder eines höheren
Zwecks zulässig.*

Mit Vertragspartner 1 war Petra Weinreich gemeint. Die schwam-
mige Umschreibung *festtagsübliche Gestaltungen* ließ genug Frei-
raum, ihrem Hobby uneingeschränkt zu frönen. Im Gegenzug
musste sie jedoch die Passion des Vertragspartners 2, Ralf Weinreich, dulden, der sich dem Hirschrufen verschrieben hatte. Für

das Nachahmen brunftiger Rot- und Damwildäußerungen auf geeigneten Gießkannen wurde eigens der Keller des Reihenhauses schalldicht ausgebaut. Beide hatten eine bedauerliche Ehe mit verständnislosen Partnern hinter sich. Nach diesen Erfahrungen schien es ihnen angeraten zu sein, künftig nichts dem Zufall zu überlassen.

Ralfs erste Frau hatte sich in ihren Physiotherapeuten verliebt, der nach erfolgreicher Behandlung offensichtlich nicht nur Gefallen an ihrer entspannten Rückenmuskulatur gefunden hatte. Petras Gatte war nach all den Jahren des Festtagsdiktats seiner Frau in die Schlichtheit einer Ornithologenhütte auf der Ostseeinsel Vilm geflohen. Dort fand er in völliger Einsamkeit seinen Lebenssinn im Erfassen und Beobachten von seltenen Brutpaaren der einheimischen Vogelwelt.

Natürlich hatte Petra erwartet, dass Ralfs kindische Leidenschaft, Hirschlaute zu imitieren, mit der Zeit zurückgehen würde. Doch das Gegenteil war der Fall, wie sie nach fünf Jahren Ehe resümieren musste.

Ralf hatte es inzwischen zu beachtlicher internationaler Anerkennung gebracht und durfte sogar in Talkshows das Hirschrufen präsentieren. Nach seiner Ansicht war ein derartiges Röhren ein wichtiger und respektabler Versuch, mit der Natur zu kommunizieren. Noch im vergangenen Herbst hatte er zur besten Sendezeit davon berichtet, dass er in den Kategorien alter, junger und imponierender Hirsch bei den nationalen Meisterschaften beachtlich geröhrt habe. In dem Wettbewerb *Nachahmen aufstrebender Junghirsch* habe er sogar den ersten Platz erzielt und war in dieser Kategorie quasi zu Deutschlands Nachwuchsplatzhirsch avanciert. Ein großes Ärgernis war für ihn allerdings die Tatsache, dass er nicht die geringste Chance besaß, bei der Prüfung für *gestandene dominante Hirsche* auch nur in die Nähe eines Podestplatzes zu gelangen.

Schuld daran hatte seine erste Ehefrau. Das für das Brunftgehabe stolzer Geweihträger notwendige Instrument hatte sie nach der Trennung mitgehen lassen. Die alte verzinkte Vier-Liter-Schneiderkanne, genauer gesagt eine Gewächshauskanne mit langem Gießrohr aus dem Jahr 1921, war in ihrer Tonalität unerreicht. Tatsächlich war es ein Erbstück ihrer Familie, aber in all den Jahren der Ehe hatte sie sich weder für die Pflege von Pflanzen, geschweige denn für den Sammlerwert einer derartigen Rarität interessiert. Nach Ralfs Ansicht bewies genau dieses Verhalten die pure Boshaftigkeit seiner Ex. Dass sie ihn betrogen und einen anderen Mann bevorzugt hatte, war zwar ärgerlich, wog aber bei Weitem nicht so schwer, wie der Verlust der historischen Kanne. Verkaufen kam für seine Ex-Frau nicht infrage. Unglücklicherweise hatte der Scheidungsrichter auch keinerlei Einsehen gehabt und wies selbst den Antrag auf ein gemeinsames Nutzungsrecht des verzinkten Gieß- und Klangkörpers als unbegründet ab.

Zwar gelang es Ralf, ähnliche Sammlerstücke teuer zu erwerben, aber allen war gemeinsam: Sie klangen mindestens einen Ton zu hell. Somit hallte das Röhren des *gestandenen dominanten Hirsches* nicht nur für tierische Konkurrenten, sondern, was schwerer wog, für die gestrengen Jurymitglieder wenig überzeugend.

Petra beschrieb Ralfs Leidenschaft als lächerlich und peinlich, zumal die produzierten Brunftgeräusche nach ihrem Empfinden eher nach beträchtlichen Blähproblemen klangen.

Die weihnachtliche Gestaltung der Wohnung begann pünktlich Anfang November. Petra hatte beschlossen, die einzelnen Zimmer und auch den Baum vollständig im Vintage-Stil der Fünfzigerjahre zu arrangieren. Selbstredend mussten alle Accessoires Originale sein. Nachahmungen waren nach ihrem Empfinden lächerlich und würden die Chance, zum dritten Mal als Preisträgerin des Wettbewerbs ausgezeichnet zu werden, beträchtlich schmälern. Nicht auszudenken, wenn aufgrund der Homestory in der heimischen Zeitung Nachbarinnen billige Plagiate aus Hongkong entlarven würden.

Ralfs Protest und der Verweis auf die nicht unerheblichen Kosten derartigen Weihnachtskitsches konterte sie mit der Bemerkung, dass er bei den albernen Schrottkannen auch keine Vernunft walten ließe. Nach diesem verbalen Foul und ihrem Hinweis auf Punkt *Sonstiges* im Ehevertrag gab Ralf mit hängenden Schultern nach. Die Jahre hatten ihn gelehrt, dass Widerstand in dieser Frage zwecklos war. Zur Weihnachtszeit war die Wohnung ihr Revier, da konnte er der Gießkanne noch so inbrünstig im Keller Töne entlocken.

Akt 1 der Kampfhandlungen: Die passende Kleidung für den Abend auswählen. Da sich in den Schränken des Ehepaares Weinreich wie auch in den einschlägigen Second-Hand-Stores keine Garderobe aus den Fünfzigerjahren finden ließ, begann Petra eine langwierige Suche im Internet. Anzüge und Kleider wurden in beträchtlichen Mengen und abgestimmt auf die Farben der Weihnachtsbaumkugeln und -sterne bestellt. Das Ergebnis war immer gleich, die ausgewählte Kleidung als nicht optimal eingeschätzt und wieder zurückgesandt.

Die Frage, wie oft Ralf in den letzten Wochen zur Post gehen musste, hätte er nicht beantworten können. Schließlich fand Petra für beide in einem belgischen Film-Fundus doch das adäquate Outfit für den weihnachtlichen Abend. Es passte nicht nur vorzüglich zum Baumschmuck, sondern auch zu den albernen Schwibbogen in den Fenstern und den kitschigen Mecki-Figuren, die den in den Fünfzigerjahren beliebten Igel zeigten.

Nur ein Problem gab es, das nach Petras Ansicht aber mit geringem Aufwand lösbar war, wenn Ralf nur ein wenig Entgegenkommen zeigen würde. Der Anzug, der für ihn gedacht war, vermochte dummerweise ein Zuviel an Gewicht nicht zu kaschieren. Um perfekt auszusehen, musste Ralf bis zum Heiligen Abend fünf, besser sechs Kilo abnehmen. Ansonsten würde das Jackett unschön über dem Bauch spannen. Ein Minuspunkt, der sich garantiert negativ auf das Gesamtbild der Weihnachtsstimmung auswirken dürfte.

Petras Konkurrenz hatte in den letzten Jahren erheblich aufgeholt und an der Spitze perfektionierter Gemütlichkeit war es eng geworden. Petras freundlicher, wenn auch nachdrücklicher Hinweis, dass er ansonsten in der Homestory wie ein Klops aussehen würde, löste bei Ralf ein leicht hysterisches Grunzen aus, wie es Hirschen üblicherweise nicht zu eigen war. Als er zum Abendessen einen Kürbis-Orange-Apfel-Smoothie mit Zimt serviert bekam, statt wie üblich mit Wurst belegte Stullen, beschloss er, den Weihnachtsabend auf keinen Fall mit seiner vom Besinnungswahn befallenen Ehefrau zu verbringen. Nur wie er das anstellen würde, war ihm noch unklar. Vorerst war es angeraten, sich still zu verhalten, um Petra das Gefühl zu geben, sie habe alles im Griff.

In den folgenden Tagen überlegte Ralf intensiv, wie er seine Abwesenheit begründen könne, ohne gegen den unter *Sonstiges* verfassten Grundsatz — *einer angemessenen Unterstützung* — zu verstoßen. Die einzige Möglichkeit, Petras Forderungen auszuhebeln, bestand darin, *einem höheren Zweck* zu dienen. Bereitschaftsdienst fiel aus, weil er weder Arzt war, noch eine sicherheitsrelevante Position in einem Kraftwerk bekleidete. Christliche Nächstenliebe zu praktizieren und sich um einsame Obdachlose zu kümmern, war nicht nur angesichts seines stark ausgeprägten Geizes unglaubwürdig, sondern scheiterte schon an seinem empfindlichen Geruchssinn.

Die erlösende Idee kam Ralf bei dem Versuch, zum dritten Mal den Weihnachtsbaum wieder umzutauschen. Petras Minimalforderung nach dem passenden Christbaum — Blautanne, einen Meter fünfundsiebzig hoch, mit mindestens sieben Verzweigungen, gleichmäßig gewachsen, bei einem maximalen unteren Zweigkranzdurchmesser von über einem Meter — war trotz intensiver Suche unmöglich zu erfüllen gewesen. Einzig der Händler am Markt bot neben den schnöden Nordmanntannen überhaupt klassische Nadelbäume an. Mit den ungehaltenen Worten „Bin ich denn der Weihnachtsmann!" hatte ihm der Verkäufer unter Androhung von Gewalt unmissverständlich erklärt, dass er auf gar keinen Fall erneut einem Umtausch zustimmen würde.

Von den Argumenten des aufgebrachten Verkäufers überzeugt, nahm Ralf seine notdürftig eingenetzte Blautanne und begab sich müden Schrittes zur nächsten Glühweinbude, um die Verzweiflung hinunterzuspülen.

Nach dem dritten Glühwein gesellte sich ein Mann zu ihm,

dessen Gesicht ebenfalls von Hoffnungslosigkeit gezeichnet war. Er hatte den Wunsch seiner Frau vergessen, für den Heiligen Abend einen prächtigen Weihnachtsmann zu mieten. Es galt nicht irgendeinen Studenten oder einen auf das schnelle Geld erpichten Möchtegern zu engagieren, sondern einen authentisch wirkenden Vertreter der rotmanteligen Bruderschaft zu finden. Ein Versuch, der kurz vor Weihnachten wenig Aussicht auf Erfolg hatte, obwohl der Mann bereit war, angemessen dafür zu bezahlen. Ralf erkannte sofort die Chance, die sich ihm bot. Er würde den Heiligen Abend als Weihnachtsmann unterwegs sein. Definitiv war das ein *höherer Zweck* im Interesse der Gesellschaft, zumindest der Familie. Geld gab es auch, Geld, das er in seine Gießkannensammlung investieren konnte. Petra würde vor Wut schäumen und von der Gefahr schwafeln, in diesem Jahr den Preis der besinnlichsten Wohnung nicht verteidigen zu können. Der kleine Hinweis auf ihren Ehevertrag und die freundliche Erklärung, dass der Dienst als Weihnachtsmann nicht explizit ausgeschlossen sei, würden genügen, sie zum Schweigen zu bringen.

Aufgeregt trank Ralf seinen Glühwein aus. Dann erwähnte er nebenbei, dass er in einer Kiste im Kellerschrank ein vollständiges Weihnachtsmann-Outfit aufbewahre: Mantel, Mütze, Stiefel, Handschuhe, Bart, sogar ein passender Sack sei dabei und selbstredend eine Reisigrute, die nicht nur beeindruckend, sondern auch als historisch bezeichnet werden konnte. Eine Verkleidung, die ihm im vergangenen Jahr zufällig bei der Firmenauflösung einer Gärtnerei als Bonus überlassen worden war. Gerne würde er sie mal tragen, bemerkte Ralf und schaute bedauernd auf seine leere Tasse.

Sein Gegenüber nickte erfreut und spendierte die nächste Runde Glühwein. Thorsten Brösel hieß der Mann, bestand aber darauf, dass sie sich duzten. Als der Name fiel, betrachtete Ralf den Fremden einen Augenblick lang erstaunt, dann jedoch schüttelte er dessen Hand und freute sich über dessen Herzlichkeit. Zwei Stunden und vier Glühweine später hatte sich Ralf lallend verpflichtet, als Weihnachtsmann zur Bescherung Geschenke zu bringen, alberne

Gedichte zu ertragen und gemeinsam mit Brösels Frau auf die Weihnachtszeit anzustoßen. Punkt 18:00 Uhr würde er gegen die Bröselsche Tür pochen, genau zu jenem Zeitpunkt, an dem der Fotograf der Lokalredaktion Fotos von Petras im Vintage-Stil gestalteten Weihnachtsräumlichkeiten zu machen gedachte.

Am 24. Dezember um Punkt 17:00 Uhr war es so weit. Lächelnd verkündete Ralf seiner Frau, dass er einen wichtigen Termin habe, der *einem höheren Zweck* diene, und zog sich grinsend zurück. Jingle Bells summend kleidete er sich weihnachtlich, klebte den weißen Bart und die Augenbrauen penibel an und versuchte seinem „Ho, ho, ho! Von drauß' vom Walde komm ich her ..." einen sonoren und überzeugenden Ton zu verleihen.

Petras funkelnde hasserfüllte Blicke und ihre Wuttiraden ließ er teilnahmslos an sich abperlen. Auf sein „Schatz, es kann etwas länger dauern" reagierte sie mit einem Zischen, das einem unter Druck stehenden Dampfventil ähnlich klang.

Zwanzig Minuten später stieg Ralf vor der angegebenen Adresse aus seinem Auto. Interessiert betrachtete er die alte Villa mit ihrem prachtvollen Wintergarten. Noch einmal übte er die Stimmlage für das „Ho, ho, ho!", schulterte den Sack mit den Geschenken, lief durch den Vorgarten und drückte energisch die Klingel. Kurz darauf öffnete sich die gläserne Tür und eine Frau schaute ihn erstaunt an.

Fast hätte Ralf seinen Text vergessen, als er erkannte, um wen es sich handelte. Es war seine geschiedene Frau. Hinter ihr stand Thorsten, der Mann, mit dem er Glühwein getrunken hatte, und grinste ihn dümmlich an. Und jetzt fiel Ralf auch ein, an wen ihn der Name Brösel erinnert hatte. Es war jener Kerl, der früher regelmäßig angerufen hatte, um einen neuen Behandlungstermin mit seiner Frau abzustimmen. Glücklicherweise erkannte seine Ex ihn aber nicht hinter der Maskerade.

„Ho, ho, ho! Na, warst du denn immer schön artig?", fragte er mit verstellter Stimme.

Die Frau nickte albern.

Von wegen, dachte Ralf. „Na, dann lasst mich mal hereinkommen."
Neugierig betrat er den Wintergarten und schaute sich um. Der
gläserne Vorbau, der als Flur genutzt wurde, war geschmackvoll
eingerichtet. Grünpflanzen wechselten sich mit passend abge-
stimmtem Weihnachtsdekor ab. Nichts wirkte übertrieben, eher
minimalistisch und dennoch ausgesprochen liebevoll. Terrakot-
taplastiken, die nach seinem Geschmack besser in die Sommer-
monate gehört hätten, standen zwischen prachtvollen Gewäch-
sen und ein paar bizarr anmutenden Wurzeln. Auch wenn Ralf es
ungern zugab, innerlich zollte er seiner Ex-Frau Respekt für das
insgesamt geschmackvolle Arrangement.

Fast war er versucht, ein Wort des Lobes zu äußern, als er neben
der eigentlichen Wohnungstür ein Regal bemerkte, auf dem
eine feuerverzinkte Gewächshauskanne stand. Sofort erkannte
er, dass es nicht irgendeine, in jedem Baumarkt erhältliche, sondern jene Vier-Liter-Schneiderkanne von 1921 war, deren Tonalität er unerreichbar wusste. Es war quasi die Stradivari der
Hirschröhrnachahmungshilfen.

Ralf schluckte vor Erregung. Zu seinem Entsetzen entdeckte er
eine dickblättrige Pflanze, die absurderweise in die Wasserfüllöff-
nung der Kanne gepflanzt war. Selbst ein Pflanzgitter war in die
Öffnung gepresst worden. Es bedurfte Ralfs vollständiger Beherr-
schung, um nicht verzweifelt aufzujaulen.

Im Wohnzimmer begrüßte ihn eine prachtvolle Nordmanntanne,
die formvollendet dekoriert war. Echte Kerzen waren angezündet,
strahlten ihr gemütliches Licht aus und sorgten für eine anhei-
melnde Stimmung. Der Esstisch war elegant eingedeckt. Drei
Gläser standen bereit. Wie von Thorsten angekündigt, würden sie
mit Sekt anstoßen. Dezente klassische Weihnachtsmusik erklang.
Alles war bis ins kleinste Detail auf den Moment abgestimmt. Ralf
stellte den Sack mit den Geschenken neben den Baum, prüfte den
Sitz des Bartes, der Perücke und der Augenbrauen.

Seine Gedanken überschlugen sich. Ich muss diese Kanne wie-
derhaben. Ich muss sie retten, sie besitzen. Es ist das einzige Unikat ihrer Art und womöglich die letzte Chance, sie der Welt zu

erhalten, dachte er und hoffte, dass die beiden nichts von seiner Aufregung bemerkten.

Thorsten und die gehasste Ex saßen auf dem Sofa und schauten ihn amüsiert an.

Was konnte er tun? Erst einmal Zeit gewinnen. Lass sie in dem Glauben, dass du die Erfüllung ihres Weihnachtswunsches bist. Bleib ruhig! Denke nach!

„Ich müsste mal kurz …", sagte Ralf unvermittelt und zuckte mit den Schultern. „Auch Weihnachtsmänner haben menschliche Bedürfnisse. Ihr versteht? Lange Reise und so. Ho, ho, ho!" Das Gesicht seiner Ex verriet, dass ihre gute Stimmung gerade einen Knacks zu bekommen drohte. Dennoch wies sie mit einer höflichen Handbewegung und einem bemühten Lächeln in Richtung Toilette.

Viel Zeit, einen Plan zu entwickeln, blieb Ralf nicht. Die Kanne einfach zu nehmen und sein Heil in der Flucht zu suchen, scheiterte nicht nur an der unpraktischen Kleidung, die Weihnachtsmänner berufsbedingt tragen müssen, sondern auch daran, dass Thorsten um einiges größer und sportlicher war als er. Eine Waffe, um die beiden zu bedrohen, dürfte er im Bad nicht finden, und selbst wenn, der Diebstahl der historischen Kanne würde über kurz oder lang zu ihm führen.

Soll sie dein werden, musst du kompromisslos vorgehen. Keine Verhandlung, keine Gnade, keine Zeugen.

Ralf erschrak bei diesem Gedanken. „Mord?", flüsterte er leise und verbesserte sich dann: „Doppelmord! Nur so lässt sich die Schneiderkanne retten." Er schüttelte den Kopf, strich mit der flachen Hand den Schweiß von der Stirn. Andererseits … Thorsten hatte ihm damals die Frau weggenommen. Und sie hatte sich der Kanne bemächtigt, sich über seine Hirschröhrambitionen lustig gemacht und ihn durch den Entzug der feuerverzinkten Schönheit hart bestraft.

„Ich habe allen Grund, mich zu rächen", flüsterte er seinem Spiegelbild zu. Es nickte verständnisvoll. Aber Mord? Er versuchte, den Gedanken zu verjagen, doch sein Hirn arbeitete schon an den

Details. Es könnte wie ein Unglücksfall aussehen. Ein bedauerlicher Unfall. Niemand dürfte auf die Idee kommen, dass ein Verbrechen vorlag. Schließlich war Weihnachten. Dass er als gebuchter Weihnachtsmann zu Besuch war, wussten nur Thorsten, seine Ex und er. Keiner der Nachbarn hatte ihn gesehen und selbst wenn. Ralf schmunzelte bei dem Gedanken, wie Zeugen versuchten, ihn bei einer Polizeibefragung möglichst genau zu beschreiben. Roter Mantel, weißer Bart, Rute. Nein, man würde ihn nicht identifizieren können.

Nachdenklich setzte er sich auf den Toilettendeckel und schaute sich um. Auf dem Fensterbrett stand eine Kerze, die verlockend flackerte. Der Baum, schoss es Ralf durch den Kopf. Jedes Jahr sterben Menschen wegen des unachtsamen Umgangs mit Feuer. Es wäre nicht der erste Weihnachtsbaum, der eine Katastrophe auslösen würde.

„Stille Nacht, Heilige Nacht, heute werdet ihr umgebracht ...", sang er leise und kicherte albern. Soweit war alles klar. Aber wie brachte er sie dazu, das brennende Haus nicht zu verlassen? Einer Eingebung folgend öffnete er die Badschränke. Seine Ex hatte schon immer an Schlafstörungen gelitten. Und tatsächlich, er wurde fündig. Mehrere Packungen Flunitrazepam verrieten, dass es bis heute ihr Problem war. Ralf wusste, das Medikament enthielt Rohypnol und in der richtigen Dosierung dürfte es keine fünfzehn Minuten dauern, bis die Wirkung erfolgreich einsetzte.

Kaum dass Ralf die weihnachtliche Stube wieder betrat, bat er beide, das Zimmer zu verlassen. Thorsten und seine Ex schauten sich erstaunt an, gehorchten aber, nachdem er den Grund der Bitte erklärt hatte. Es bedürfe einiger Vorbereitung. Eine Reminiszenz an die geheimnisvolle gute alte Stube und die wunderbare Zeit, als man sich als Kind noch die Frage gestellt hatte, ob der Weihnachtsmann wirklich über alle Vergehen Bescheid wusste. Vorfreude sei doch die schönste Freude.

Fünf Minuten später stießen die drei auf das besinnliche Fest mit einem Glas Sekt an. Dann endlich begann die Bescherung. Ralf ließ sich Zeit, erzählte ausschweifend die weihnachtliche

Geschichte und verlangte anschließend nicht nur das obligatorische Weihnachtsgedicht, sondern auch ein passendes Lied dazu. Thorsten zog zunehmend die Stirn kraus, nahm aber bald eine gemütliche Position auf dem Sofa ein. Ralfs Ex knickte bei dem Lied *Süßer die Glocken nie klingen* das rechte Knie weg. Hilfsbereit half er ihr, wieder Platz auf dem Sofa zu nehmen, von dem Thorsten schon ein paar gleichmäßig schniefende Töne von sich gab.

„Ich kenne dich", murmelte seine Ex plötzlich verstört. „Du bist ..." Dann weiteten sich ihre Augen entsetzt und ein kurzes Aufbäumen verriet, dass sie ihn erkannt hatte. Ralf presste sie mit sanfter Gewalt auf ihren Platz zurück. Ihr Widerstand war zu vernachlässigen. Kurz darauf verdrehte sie erwartungsgemäß die Augen und schlief ein.

Die Feuerwehr traf fünfzehn Minuten später ein und konnte nur noch dafür sorgen, dass der Brand nicht auf die Nachbarhäuser übergriff. Kurz danach sperrten Polizisten die Straße ab. Im Vorgarten der Villa fanden die Polizeibeamten eine Person, die als Weihnachtsmann verkleidet in eine Gießkanne blies. Zwischendurch lachte sie hysterisch oder schrie unverständliches Zeug.

Vorsichtig näherten sich die Polizeibeamten dem Mann, der verzweifelt auf ein faustgroßes rostiges Loch im Boden der Gießkanne starrte.

Als Ralf die Uniformierten erblickte, presste er die Gewächshauskanne fest an seine Brust. Immer wieder wurde er von einem Schluchzen überwältigt. Die Beamten würden Fragen stellen, Fragen, die er nicht beantworten wollte. Langsam setzte er das geliebte Unikat erneut an und kicherte albern. Ralf dachte an den Nebenbuhler Thorsten und den verspannten Rücken seiner untreuen Ex-Frau.

Streng genommen habe ich die Auseinandersetzung um das Weibchen erfolgreich gefochten, versuchte er sich einzureden. Mit glänzenden Augen betrachtete er die Flammen, die wütend aus dem Dach schlugen. Sicherlich, Nebenbuhler und Ex waren tot, ein unvermeidbarer aber durchaus akzeptabler Kollateralschaden, wie er fand. Der Gedanke gefiel ihm. Gewinner! Er war der *gestandene dominante Hirsch*.

Ich habe meinen Gegner besiegt! Energisch erhob sich Ralf, schaute die beiden Beamten herausfordernd an, holte tief Luft und röhrte mehr schlecht als recht den Ruf: *siegreicher Hirsch nach einem Zweikampf*.

Petra und ihr perfekt gestaltetes Weihnachtsambiente wurden zum Wettbewerb nicht zugelassen. Weil ihr Mann zum Fototermin fehlte, hatten die Juroren sie satzungsgemäß disqualifiziert. Was sie jedoch erheblich mehr empörte, war die Tatsache, dass alle Zeitungen ihren Gatten bei seiner Verhaftung in einem perfekt amerikanischen Coca-Cola-Weihnachtsmann-Outfit der Fünfzigerjahre auf Seite eins abgebildet hatten.

Petra war sich absolut sicher, wäre er in dieser Aufmachung zum Fototermin erschienen, der Titel *Die besinnlichste Weihnachtswohnung* wäre ihr auch in diesem Jahr zugesprochen worden.

Pikantes Weihnachtsgeschenk

Die Männer beteuern immer,
sie lieben die innere Schönheit der Frau –
komischerweise gucken sie aber ganz woanders hin.

MARLENE DIETRICH

„Geiz ist keine Veranlagung, sondern eine mühsam angeeignete Fähigkeit", hatte Cris Schirmer seinem Arbeitskollegen und bestem Freund erklärt, war er doch von dieser Einsicht zutiefst überzeugt. „Lena und ich, wir schenken uns seit Jahren nichts. Weder zum Geburtstag noch am Weihnachtsabend, nicht einmal heute zum zehnten Hochzeitstag. Geld für sinnlosen Tinnef auszugeben, ist uns zuwider."

Sein bester Freund schüttelte amüsiert den Kopf und zermarterte sich weiter sein Gehirn mit der Frage, mit welcher Überraschung er seiner Geliebten eine besondere Freude machen konnte.

Geschenke waren beim Ehepaar Schirmer verpönt. Zu oft hatten sie deswegen gestritten. Er hatte Werkzeuge bekommen, die er nicht brauchte, sie Kleidung, die in den Tiefen ihres Schrankes verbannt wurden und nie wieder das Tageslicht erblickten. Anfänglich hatte Lena zwar dagegen opponiert, sich schließlich aber doch dem Zeitgeist untergeordnet. Es war ein stilles Übereinkommen, das seit Jahren perfekt funktionierte. Hatte einer von ihnen das Bedürfnis, sich selbst ein Geschenk zu machen, war dem anderen das recht, solange er es von seinem Gehalt finanzierte.

Warum Baumärkte kurz nach den Sommerferien Weichnachtsdevotionalien in die Regale stellten, war Cris schon immer ein Rätsel. Dass seine Frau Lena ihn heute freiwillig in den Baumarkt begleitete, noch viel mehr. Geduldig wartete sie, bis er die ökologischen Vorzüge eines neuen Holzschutzmittels studiert hatte. Der Verkäufer erklärte beim Nachfragen sarkastisch, dass das

Zeug höchstens dazu tauge, Insekten in einen euphorischen Vollrausch zu versetzen. Cris entschied sich, aus Kostengründen darauf zu verzichten, und schob seine Frau in den nächsten Gang. Weihnachtliches Gartenequipment.

Völlig unerwartet blieb Lena plötzlich stehen, schaute ihm tief in die Augen und fragte: „Schatz, was hältst du davon, wenn ich dich am Heiligen Abend überrasche?"

Das klang gefährlich. Aus Erfahrung wusste Cris, dass er bei derartigen Fragen auf der Hut sein musste. Passte er nicht auf, konnten mühsam vereinbarte Regelungen plötzlich zur Disposition stehen. Misstrauisch schaute er seine Frau an und wartete geduldig, bis sie sich erklärte.

„Würde dir 75 D gefallen?"

75 D? Fünfundsiebziger Maulschlüssel gab es nicht. Bohrer dieser Größe nur im Schwermaschinenbau. Und bei Schraubenbolzen mit passender Mutter könnte er diese gleich als Hanteln verwenden. Aber abgesehen davon, was bedeute der Buchstabe D? Cris hatte keine Ahnung, um was es ging.

„75 D würde mir garantiert vorzüglich stehen. Das sind zweihundert Gramm mehr. Auf jeder Seite. Du magst doch Frauen mit großen Brüsten."

Ihr Vorschlag kam unerwartet, fand aber durchaus sein Interesse. Natürlich mochte er große Brüste, hatte Derartiges aber nie thematisiert.

„Ich finde dich auch so schön", gab er zu bedenken und versuchte sich vorzustellen, wie viel zweihundert Gramm mehr ausmachten. Unbewusst formte er die Hand ergonomisch und überlegte ernsthaft, ob der Handrücken nach oben, nach vorne oder nach unten zeigen musste.

„Zweihundert Gramm? Ist das viel?", fragte er neugierig und betrachtete nebenbei die Motion-Laser-Lights-Star-Projektor-Stern Dusche, die als Sonderangebot das Fest zu einem unvergesslichen Ereignis zu machen versprach.

„Stell dir einfach runde, pralle Pfannkuchen vor. Das sind zweihundert Gramm mehr."

Cris mochte keine Pfannkuchen, schon gar nicht die klebrigen mit Zuckerguss, aß sie also auch nicht. Aber ungefähr konnte er sich vorstellen, wie viel mehr Frau auf ihn zukommen könnte. Ein Lächeln huschte über sein Gesicht. „Eine wirklich schöne Idee." Kaum hatte er den Satz ausgesprochen, bereute er ihn auch schon.

„Also sind dir meine Brüste zu klein!"

„Ich sagte doch, ich finde dich schön, so wie du bist." Besorgt über die Entwicklung des Gesprächs, betrachtete er einen mannshohen Nikolaus, der am Regal hing. Angeblich wunderbar geeignet, um an Hauswänden, Garagen, Dächern und Schornsteinen angebracht zu werden. Hält allem stand, versprach ein Aufkleber auf der Kiste.

„Wie bin ich denn?", fragte Lena und verschränkte dabei die Arme.

Cris verdrehte die Augen. „Genau richtig."

„Genau richtig? Was soll denn das heißen? Ich bin doch kein Steak."

„Ich meine, ich bin voll und ganz zufrieden. Du musst nichts an dir ändern."

Seine Frau atmete genervt durch. „Brigitte Bardot hatte in ihren besten Zeiten auch mindestens Körbchengröße D. Du schwärmst doch für Brigitte Bardot."

„Die Frau ist weit über achtzig und kümmert sich um vernachlässigte Hunde. Ich möchte mir beim besten Willen nicht vorstellen, welchen Buchstaben ihre fünfundsiebzig inzwischen haben."

„Jeder Mensch wird älter. Du auch."

„Ich bin halb so alt! Abgesehen davon komme ich ja nicht auf die Idee, mein bestes Teil mit zweihundert Gramm anzureichern."

Seine Frau gluckste amüsiert und kitzelte ihn ein wenig am Ohr. „Schatz, das wäre ja viermal so viel wie ..." Wieder kicherte sie albern.

Cris war beleidigt und gab dem Outdoor-Weihnachtsheini am Seil einen kräftigen Stoß, dem dieser nicht standhielt.

„Bisher hast du dich nie beschwert."

„Sei doch nicht so empfindlich." Sie zögerte kurz und ergänzte: „Ich dachte, du würdest dich freuen?"

„Ist das denn so kurzfristig noch machbar?"

Lena holte aus ihrer Handtasche ein Prospekt. Es zeigte ein Schönheitsinstitut in der Schweiz.

Cris nahm seine Frau in den Arm. „Und du würdest tatsächlich für mich ... zweihundert Gramm ... auf jeder Seite?"

Sie kuschelte sich dicht an ihn heran und hauchte mit sinnlicher Stimme: „Wenn du sie bezahlst!"

Weihnachten, der Heilige Abend. Zeit für seine Überraschung. Allerdings war diese anders als erwartet.

Die OP hatte ein kleines Vermögen gekostet. Nachlass gewähre das Schweizer Institut grundsätzlich nicht, auch nicht dann, wenn auf ein paar Gramm verzichtet werde. Schließlich hatte Cris zähneknirschend den Vertrag unterzeichnet und zwei Monate vor Weihnachten war der Eingriff vorgenommen worden.

Das Ergebnis sei beeindruckend, hatte Lena ihm geschrieben. Perfekte, runde, feste Brüste – die absoluten Traumtittis. Die Postkarte kam pünktlich zu Weihnachten, allerdings aus Playa Bávaro in der Dominikanischen Republik. Unterschrieben, mit dankenden Grüßen, hatte auch sein bester Freund und ehemaliger Arbeitskollege.

Vor dem Flug

Manchmal frage ich mich,
ob Männer und Frauen wirklich zusammen
passen. Vielleicht sollten sie lieber Nachbarn
sein und sich hin und wieder besuchen.

KATHARINE HEPBURN

Meine Frau hatte, kaum dass das neue Jahr eine Woche alt war, beschlossen, die Winterferien in wärmeren Gefilden zu verbringen. Drei Tage Schule hatten ausgereicht, den Entschluss zu fassen. Noch war die Wohnung mit allerlei Weihnachtskram geschmückt. Der Christbaum wurde regelmäßig gegossen und die Dose mit den Plätzchen war noch gut gefüllt.

Wenn sie kein Burnout bekommen wolle, brauche sie Wärme. Als Lehrerin blieb ihr nur die Zeit der Ferien.

Überrascht stimmte ich dem zu. Als Schriftsteller sind Abwechslungen für mich gleichzeitig Inspiration. Reisen bildet, zumindest schaden sie nicht und außerdem tut mir der Wechsel vom Schreibtisch an die frische Luft gut. Das ist hauptsächlich die Meinung meiner Frau. Argumente dagegen habe ich bisher leider nicht gefunden. Aus Erfahrung weiß ich, dass eine Diskussion nur den Vorwurf der Beratungsresistenz einbringt. Steter Tropfen höhlt den Stein, genauso wie pädagogische Ausdauer die Widerstandskraft.

Noch am selben Tag wurde eine Reise auf Phi Phi Island in Thailand gebucht.

Drei Tage später genossen meine Frau und ich im Wohnzimmer neben unserer prachtvollen Nordmanntanne Kaffee und übriggebliebene Schmunzel-Muffins vom Weihnachtsbasar der zweiten Klassen. Zur Erläuterung: Bei diesen kuchenähnlichen Gebilden handelt es sich um von knuddeligen Händen geformte und verzierte Teigmurmeln.

Wir saßen gemütlich zusammen und ließen den Tag Revue passieren. Mein Rückblick dauerte keine zwei Minuten. Zufrieden betrachtete ich meine bessere Hälfte, die mit ernstem Gesicht Ungemach signalisierte. Eine innere Stimme sagte mir, dass ein Problem der Klärung bedurfte, und sofort fahndete ich nach einem Versäumnis. Zettel mit Anweisungen hatte ich nicht vorgefunden. Der Kalender meines Smartphones wies keine Jubiläen auf. An mündliche Absprachen konnte ich mich nicht erinnern. Augenblicklich war ich beunruhigt. Daher langte ich besonders eifrig nach einem weiteren trockenen Schmunzel-Muffin, jeden Gedanken an verkeimte Händchen und andere Bedrohungen kindlicher Gleichgültigkeit die Stirn, besser gesagt, den Mund bietend.

Wenig später begriff ich. Es ging um etwas anderes. Auf den Tag genau, zwei Wochen vor Beginn unserer Reise, stellte meine Frau die Frage: „Hast du schon überlegt, was du für Thailand einpacken möchtest?"

Mir schwante, dass ein Kapitel ungeahnter Schwierigkeiten eröffnet worden war. Natürlich hatte ich keinen Gedanken daran verschwendet.

Meine Reaktion, ein Kopfschütteln gepaart mit der ehrlichen aber naiven Antwort „Es sind noch vierzehn Tage Zeit!", führte ihrerseits zu einem bedrohlichen Luftholen.

Als wäre ich ein besonders begriffsstutziger Schüler – heute sagt man allerdings entwicklungsgehemmt – legte sie mir einen A4-Block auf den Couchtisch und dazu einen Bleistift mit Radiergummi. Energisch tippte sie mit dem Zeigefinger der rechten Hand mehrmals auf die Holzplatte. „Ich möchte, dass du mir aufschreibst, was du alles in deinen Koffer zu packen gedenkst."

Verblüfft schaute ich sie an und überlegte, ob es sich vielleicht um einen Scherz handelte. Es war keiner. Meine Gedanken sortierend verzog ich mich in die Küche. Hatte ich fünfzehn Minuten Zeit oder fünfundvierzig? Durfte ich Unterlagen verwenden? Was für eine Frage! Natürlich führte ich nicht Buch darüber, welche Kleidung in welchem Urlaub eingepackt, getragen oder vermisst worden war.

Als Erstes begriff ich, dass die Variable Koffer im Verhältnis zu der einzupackenden Menge Kleidung eine Unbekannte darstellte. Am besten nähert man sich der Aufgabe, ging es mir durch den Kopf, indem man die bei der Flugbuchung angegebene Gepäckanzahl durch die zu reisenden Personen teilt. Einen Augenblick ärgerte ich mich, die verbal vorgetragene Textaufgabe nicht mitgeschrieben zu haben. Ich ging von zwei Koffern a sechzig Litern aus und zwei Handgepäckstücken mit den Maßen fünfundfünfzig mal fünfunddreißig Zentimetern.

Hoch motiviert schlug ich den Block auf. Ordentlich schrieb ich links oben meinen vollständigen Namen und rechts das Datum auf das Blatt. Dann begann ich zu überlegen, was ich für den Urlaub einpacken wollte.

Neun Übernachtungen. Die Reise ging von Freitagabend bis Sonntag. Das hieß, ich brauchte: neun paar Socken, neun Schlüpfer, fünf T-Shirts plus drei Freizeithemden und ein langes, in Summe neun, rechnete ich im Kopf. Zwei Hosen, eine kurz, eine lang, Halbschuhe, Sandalen, Badelatschen. Schlafanzug.

Ich strengte mich nochmals richtig an und erinnerte mich eines wichtigen Details jedes Sommerurlaubs, das nicht fehlen durfte. Badehose. Der Sicherheit halber radierte ich die Zahl vor dem Wort weg und erhöhte sie auf zwei. Zufrieden betrachtete ich die Aufzählung und verspürte einen Moment der Erleuchtung. Als letzten Punkt der Liste schrieb ich in schönster Handschrift, den Begriff warme Jacke. Natürlich konnte es kalt sein, wenn wir losflogen oder ankamen. Es war Winter. Eine Jacke war definitiv sinnvoll. Stolz brachte ich meiner Frau das Ergebnis der Überlegungen in Erwartung eines Lobes.

Ihr besorgter Blick degenerierte mich zu einem Verweiler, einem jener Schüler, die das Jahrgangsziel nicht erreicht hatten. Freundlich, aber mit bestimmendem Ton, der Zweifel keinen Raum ließ, fragte sie: „Ist das alles?"

Es arbeitete in mir. Dankbar ging ich den Ansatz der Berechnung erneut kritisch durch und spürte, wie sich ein Strahlen meines Gesichtes bemächtigte. Von Freitag bis Sonntag, das waren neun Nächte, aber es waren zehn Tage. Eifrig nahm ich den Block zurück, radierte die Zahlen weg und ergänzte sie um den Wert eins. Bei den Hemden brauchte ich eine Weile, vertraute aber dem Bauchgefühl und entschied, ein langärmliges Hemd zusätzlich mitzunehmen. Die Anzahl der Hosen und Schuhe glaubte ich, vernachlässigen zu können. Bei den Badesachen sah ich keinen Handlungsbedarf. Sicher, zur vollsten Zufriedenheit mein Werk korrigiert zu haben, überreichte ich ihr erneut die Liste. Das freundliche Licht des Weihnachtsbaums fiel auf sie. Ich war guter Dinge.

Zugegeben, ich hätte schon an ihrer traurigen Haltung erkennen müssen, dass die Aufgabenstellung nur teilweise verstanden worden war.

Lange betrachtete sie die Zeilen, radierte den einen oder anderen Buchstaben weg, um ihn ordentlich, entsprechend der Fibelvorgabe zu verbessern. Ohne mich anzuschauen, sagte sie enttäuscht: „Ich wollte von dir wissen, welches Kleidungsstück du zu welchem Anlass gedenkst zu tragen. Erwarte nicht, dass ich, einen Tag bevor wir losfliegen, anfange, deine Wäsche zu machen."

Textaufgaben waren nie meine Stärke. Aber in diesem Moment erkannte ich, es ging nicht ausschließlich um die Menge der Urlaubskleidung.

Hast du schon überlegt, was du für Thailand einpacken möchtest?, erinnerte ich mich an die Ausgangsfrage. Früher vermochte ich aus der Betonung einzelner Worte, die Wichtigkeit zu erkennen. Eine Fähigkeit, die mir offensichtlich mit den Jahren abhandengekommen war.

Was war das alles entscheidende Wort.

Was = Menge + Ereignis, übersetzte ich mir den Term und begriff. Erneut nahm ich den Block, ging zurück in die Küche und ergänzte die Positionen um die geforderten Details. Aus den zehn Paar Socken wurden fünf Paar Sneaker, grau mit Weißanteil, und fünf Paar Bambus-Sportsocken, in den Farben Blau, Grau, Grau meliert und Schwarz. Aus der archaisch formulierten Position Schlüpfer wurden Retro-Boxershorts.

Warum Shorts nicht meinen Namen, sondern den fremder Männer tragen, ist mir bis heute ein Rätsel. Jahrelang fürchtete ich, dass mich jemand im Fitnessstudio ansprach und seine Buxe zurückverlangte. Er sei Calvin Klein oder Bruno Banani und könne das auch nachweisen.

Bei den Hemden wurde es kompliziert. Ich hielt eine Mischung aus kariert, liniert und punktuell strukturiert für eine ideale Lösung. Mit den T-Shirts wollte ich die Farben Thailands repräsentieren, Weiß, Rot und Dunkelblau. Hosen wählte ich die mir liebsten. Bei den Schuhen gedachte ich jene zu tragen, die mir bequem erschienen. Badelatschen besaß ich nur ein Paar.

Eine Zeitlang blieb ich noch vor dem Blatt sitzen und sinnierte über das Geschriebene. Alles schien mir bedacht zu sein. Natürlich konnte ich nicht ewig sinnieren.

An der Türschwelle zum Wohnzimmer tat ich so, als würde ich das Notierte gedanklich noch einmal prüfen. Mutig reichte ich das nun zweiseitig beschriebene Blatt meiner Frau.

Mit geschultem Lehrerblick studierte sie die erneuten Überlegungen, strich das eine oder andere durch, wackelte zuweilen bedenklich mit dem Bleistift und konnte an einer Stelle nur mit Mühe ein Lachen unterdrücken. Schließlich gab sie mir die verbesserte Liste zurück.

„Okay", bemerkte sie halb fragend, halb ausrufend und es klang ein wenig versöhnlich. „Das ist ein schöner erster Entwurf. Vielleicht achtest du beim nächsten Mal darauf, wie du die einzelnen Teile miteinander kombinieren könntest. Und was Hosen und Schuhe angeht, darüber reden wir später noch mal ausführlich. Einverstanden?!"

Natürlich waren wir gleicher Meinung. Glücklich setzte ich mich in meinen Sessel und betrachtete erleichtert den Weihnachtsbaum. Traditionell wurde dieser bei uns am 24. Dezember geschmückt und strahlte vierzig Tage Gemütlichkeit aus. Pünktlich am 2. Februar zu Mariä Lichtmess, kein Tag früher oder später, flog er aus dem vierten Stock. Ein Ritual ihrer Familie, das meiner Frau überaus wichtig war.

Als ich sie darauf hinwies, dass die Winterferien in diesem Jahr schon am 1. Februar begannen, sprang sie entsetzt auf, rief im Reisebüro an und stornierte die Buchung.

Und in diesem Augenblick kam mir der Gedanke, statt des Weihnachtsbaumes lieber meine Frau aus dem Fenster zu werfen.

Für einen guten Zweck

*Wer von seinem Tag nicht zwei Drittel
für sich selbst hat, ist ein Sklave.*

FRIEDRICH NIETZSCHE

Es war ja nicht so, dass Paul Harris keine Lust hatte zu arbeiten. Er hatte nur kein Interesse daran, es regelmäßig und nach den Vorstellungen anderer zu tun.

Jeden Morgen mit einem Wecker geweckt zu werden, einen beschwerlichen Fahrweg auf sich zu nehmen, dabei in übermüdete und von Resignation gezeichnete Gesichter zu schauen, war für ihn ein Ding der Unmöglichkeit. Derartige Begegnungen machten ihn traurig und zogen ihn runter.

Fremdleiden nannte er das. Körperlich spürte er die Enttäuschungen und die zugefügten seelischen Verletzungen der Mitfahrenden. Da er nah am Wasser gebaut war, reichte schon ein sorgenvolles Gesicht, damit er sich verstohlen ein paar Tränen aus den Augenwinkeln wischte.

Schon aus diesem Grund kam für Paul Harris eine übliche Arbeit nicht infrage. In einer Firma zu arbeiten und eine wie auch immer geartete Tätigkeit auszuüben, egal ob an einem Schreibtisch oder an einer Werkbank, war für ihn unvorstellbar. Der einzige ertragbare Ort war außerhalb eines erdrückenden Raumes. Er liebte die frische Luft und selbstredend die Natur. Hauptsache sein Blick konnte in die Ferne schweifen.

Andererseits war die Alternative, sich auf den Knochen der Allgemeinheit auszuruhen, für Paul Harris auch nicht akzeptabel. Bereicherung auf staatliche Kosten oder durch kriminelles Engagement stand für ihn nicht zur Debatte.

Ärgerlicherweise schloss mangelndes Talent eine übliche Selbstständigkeit aus. Nicht, dass er in irgendeiner Weise minderbemittelt war, ganz im Gegenteil, seine Stärken lagen eindeutig auf anderen, eher allgemein unterstützenden Gebieten. Auch der Gedanke ‚selbst‘ und ‚ständig‘ ließ eisige Schauer über seinen Rücken laufen.

Nach reichlichen Überlegungen entschied Paul Harris daher, sich als freischaffender Sympathisant seinen Unterhalt zu verdienen. Das klang nicht nur angenehm positiv, sondern ermöglichte ihm auch Erfüllung in dem zu finden, was er tat. Von Stund an konnte man Paul Harris als Demonstrant buchen.

In Zeiten, in denen empörte Bürger gerne und bequem von ihren Sofas aus Protest lancierten, war die Möglichkeit, einen professionellen Demonstranten stunden-, tage- oder wochenendweise zu engagieren, die perfekte Geschäftsidee. Um mit wenig Aufwand den unterschiedlichsten Anforderungen gerecht zu werden, erarbeitete Paul ein dreistufiges System.

In der *Basisversion*, die gleichzeitig auch die günstigste war, bot er das übliche Prozedere an. Märsche bis fünf Kilometer, Tragen eines Plakates, einer Fahne oder einer maximal fünf Kilogramm schweren Protestskulptur. Friedliches Sitzen oder Stehen war für zwei Stunden im Preis inbegriffen. Jede weitere angefangene Stunde kostete fünfzehn Euro. Ab fünf Stunden wurden Rabatte gewährt.

Das Paket *Aufgebracht & Angemacht* enthielt alle Leistungen des Basisangebotes, ergänzt um die Punkte *lautstarkes Skandieren zweifelhafter Parolen*, *hitzige Gesprächsführung mit Amtspersonen* und *allgemein aggressives Verhalten in der Öffentlichkeit*.

Straße frei & Bullenbrei war quasi das Premiumprodukt. Selbstredend umfasste es die Leistungen der Stufe eins und zwei. Dieses Angebot enthielt zusätzlich die Punkte: *Entblößen von Körperteilen*, *Anspucken von Beamten, Journalisten und Gegendemonstranten*, *gezieltes Werfen auf dingliche und/oder lebende Ziele mit Steinen, Molotowcocktails oder Materialien pastöser und unangenehm riechender Konsistenz*. Gegen einen kleinen Aufpreis durften Auftraggeber eigenes Wurfmaterial liefern, soweit es sich dabei ausschließlich um feste Stoffe handelte.

Alle Pakete waren abgesichert mit einer Vollkasko-Demonstrations-Versicherung, alternativ mit einer Eigenbeteiligung von dreihundert Euro bei Kollateralschäden bis zu einer Schadenssumme von zwei Millionen Euro. Zusätzlich konnten weitere Leistungen gebucht werden, je nach individuellen Vorlieben.

Besonders beliebt war der Zusatzbaustein *theatralisches Hinfallen bei sanften polizeilichen Berührungen mit ausgiebiger Leidensdarstellung, bei gleichzeitig propagierter Warnung vor Aushöhlung demokratischer Grundsätze, dem Verweis auf die Machtergreifung 1933 und dem lautstarken Hinweis, Bullen seien allesamt potenzielle Nazis.*

Die erste Anfrage kam von einer archaisch christlichen Sekte, die sich *Jünger des achten Tages* nannte und die das Ende der Welt propagierte. Die Zahl acht galt den Gläubigen als Synonym für den neuen Anfang.

Paul Harris war aufgeregt wie ein Detektiv, der seinen ersten Fall zu klären hatte, und studierte das Schreiben.

Angeblich hatte Gott eine Wette verloren und der Teufel durfte deswegen einen Tag lang nach Gutdünken Seelen einsammeln. Dagegen zu protestieren war das Anliegen der Jünger. Offensichtlich fehlte ihnen aber Personal.

Es war nicht unbedingt das, was Paul Harris sich erträumt hatte, aber ein Anfang, um Erfahrungen zu sammeln.

Der Protestmarsch verlief ruhig. Die meisten Zuschauer belächelten den kleinen Zug der Gottesfürchtigen. Am Ende der zweistündigen Veranstaltung wurde auf dem Platz vor einer Kirche jedem Jünger eine Hostie gereicht, die wie das Leben selbst etwas bitter schmeckte. Gemeinsam legten sich alle anschließend händchenhaltend in Form eines großen christlichen Kreuzes auf den Boden.

Schweigen ist die wirkungsvollste Form des Protestes, dachte Paul Harris beeindruckt und schloss die Augen, wie alle anderen Teilnehmer auch.

Dass es für immer sein würde, stand zwar nicht direkt in der Anfrage der Sekte, auch wenn im Kleingedruckten, die Formulierung *sich in Gottes Hand zu geben* Paul Harris hätte stutzig werden lassen müssen.

Scherze unter Freunden

Man muss nicht unbedingt das Licht des anderen
ausblasen, um das eigene Licht leuchten zu lassen.

PHIL BOSMANS

Rache ist wie Weihnachten. Das Schönste daran ist die Vorfreude.
Dieter fühlte sich gut. Seit Tagen war er in einer leicht euphorischen Stimmung. Jeden einzelnen Schritt hatte er kritisch durch-
dacht. Er kam nicht umhin festzustellen, dass sein Plan perfekt
war. Zufrieden schaute er sich in der winzigen Wohnung um und
kicherte albern. Ein halbes Jahr hatte sie ihn beherbergt. Die
Anforderungen der Berufsausbildung hatten sich jedoch leider als
zu anspruchsvoll herausgestellt.
Dieter war nicht dumm, aber auch nicht sonderlich intelligent.
Langsam war er und um Probleme zu lösen, brauchte er Zeit. Der
Alkoholkonsum seiner Mutter während der Schwangerschaft hatte
die Entwicklung des Gehirns beeinträchtigt. Ärzte bescheinigten
ihm jedoch eine ungewöhnliche Inselbegabung. Eine einmal gese-
hene Handschrift vergaß er nie wieder. Er vermochte die Zeit und
die Quelle zu benennen, an der er sie zum ersten Mal wahrgenommen hatte. Behörden nutzten diese Fähigkeit, um Betrügern auf
die Schliche zu kommen. Um eine feste Anstellung zu erhalten,
war jedoch der Abschluss eines Facharbeiters zwingend notwendig, egal wie schlecht er ausfiel.
Heute war der letzte Abend, den er in dieser Wohnung verbringen würde. Alles war ordentlich aufgeräumt, die Bücher in den
Regalen nach Größe und Farben sortiert. Die Buchrücken schienen militärisch an einer imaginären Linie ausgerichtet zu sein.
Die Wände zierten niedliche Tierfotos. Es roch etwas muffig. Die
Außenwände zogen Feuchtigkeit.
Dennoch hatte sich Dieter hier wohlgefühlt. Mit der Zeit hatte
er sich auch an den Geruch gewöhnt. Es war sein Schlupfloch, sein

Rückzugsgebiet. Ein Ort, an dem er sich verkriechen konnte. Er öffnete einen Schrank und nahm ein Schälchen Erdnüsse heraus. Einer Eingebung folgend warf er eine in die Luft, um sie mit dem Mund aufzufangen. Ein Versuch, der im wahrsten Sinne des Wortes ins Auge ging. Ärgerlich kniete er sich nieder und suchte den Boden ab. Sein rechtes Auge tränte.

Du bist ein Trottel und du bleibst ein Trottel, ging es ihm durch den Kopf. Als er die Erdnuss endlich fand, betrachtete er sie vorwurfsvoll.

„Ich bin kein Trottel! Der Dieter ist kein Trottel! Verstehst du? Jeder hat ein Recht auf Anerkennung. Das gilt auch für dich!", erklärte er mit wichtiger Stimme. Dann leckte er die Erdnuss sorgsam ab und legte sie zurück zu den anderen ins Schälchen.

Als es kraftvoll an der Tür klopfte, erschrak er kurz. Schnell stellte er das Schälchen auf den Clubtisch, zog noch ein paar nervöse Grimassen und öffnete die Wohnungstür.

Er hatte nur Christoph und Petra erwartete. Beate hatte er nicht eingeladen. Ihre Anwesenheit verwirrte ihn.

Ohne zu grüßen, gingen sie an ihm vorbei. Die beiden Mädchen lachten albern. Offensichtlich hatten sie getrunken, denn sie rochen nach Alkohol.

„Sind wir die einzigen Gäste?", erkundigte sich Christoph und lümmelte sich auf das Sofa, als wäre er hier zu Hause. Beate ließ sich schwerfällig in den Sessel plumpsen. Petra blieb in der Mitte des Raumes stehen und betrachtete die Tierfotos mit hochgezogener Augenbraue.

Ein wenig verwirrt nickte Dieter und schloss die Wohnungstür. Mit Beate hatte er nicht gerechnet. Einige Sekunden lang war er ratlos und überlegte, ob er die ganze Aktion abbrechen sollte. Doch das war sein letzter Abend. Wichtiger noch, es gab nur diese eine Gelegenheit für seine Rache. Vorerst beschloss er, den Plan nicht zu ändern.

„Das hier ist also das Zentrum der Zeitverschwendung", stellte Petra fest und schaute sich um. „Eindeutig der perfekte Ort für eine megalangweilige Party!"

„Wie kann man nur in so einer Absteige leben?", pflichtete Beate ihr bei und warf Christoph einen vielversprechenden Blick zu. Petra entging das nicht.

„Seid nicht so kritisch! *Das Dieter* verlässt uns! Das ist traurig genug." Kopfschüttelnd nahm Christoph eine Erdnuss aus der Schüssel, schnipste sie gekonnt hoch und fing sie perfekt mit dem Mund. Etwas irritiert betrachtete er seine Finger und wischte sie an der Hose ab. Er lächelte Petra auffordernd zu. „Hattest du nicht eine Überraschung für unseren lieben Gastgeber?"

Dieter überlegte kurz, welche Teufelei sie sich wohl heute ausgedacht hatten, schob den Gedanken aber wieder zur Seite. Egal was an Gemeinheit noch kam, es war nicht mehr wichtig.

Sinnlich bewegte sich Petra auf Dieter zu. Lasziv lehnte sie sich dicht an ihn und strich mit der Hand über seinen Nacken. „Ich bin dein Geschenk, mein kleiner Prinz. Ein Abschiedsgeschenk! Du träumst doch immer von mir. Wie wär's? Vielleicht könnten wir ... Ich meine, jetzt, hier, sofort", hauchte sie ihm ins Ohr, laut genug, so dass die anderen es hören mussten.

Während Christoph und Beate sich vor Lachen ausschüttelten, stand Dieter wie erstarrt da. Er kannte diese Spiele. Oft war er darauf hereingefallen. Eine unbeherrschte Bewegung und sie würde ihn ohrfeigen. Verlegen schaute er zur Seite. Er spürte die Wärme ihres Körpers. Sie betörte ihn. Tatsächlich träumte er nachts von ihr. Er hätte viel dafür gegeben, sie einmal zu streicheln. Ihre samtene Haut, den flachen Bauch, ihre festen Brüste.

Plötzlich hörte Petra mit ihrem falschen Spiel auf und wich ein Stück zurück. „Oh Gott! Was ist das? Dieter! Nimm das große Ding weg."

Er begriff nicht gleich, was sie meinte. Vorwurfsvoll zeigte sie schließlich auf seine Hose. Die Beule war eindeutig.

Die beiden anderen brüllten vor Begeisterung.

Das Miststück ist nur eine schöne Hülle, nichts weiter. Eine leere, verführerische Hülle, nichts wert. Denk an deinen Plan. Konzentriere dich! Es ist der letzte Abend. Das Lachen wird ihnen noch vergehen, redete er sich beruhigend in Gedanken zu.

„*Das Dieter* wird schon wieder rot! Wie süß!", bemerkte Beate, erntete von Petra aber nur einen abfälligen Blick.

Da war es wieder, diese abfällige Bezeichnung: *das Dieter*. Ein halbes Jahr lang hatten ihn die meisten in der Berufsschule so genannt. Dafür hatte er sie gehasst, insbesondere Christoph und Petra. Und nun auch noch Beate. Auch sie war nichts wert.

Dieter schaute zur Tür. Drei Schritte nur, vielleicht vier. Aber der Gedanke an Rache gab ihm die Kraft nicht wegzurennen.

Dass Beate sich den beiden anschließen durfte, konnte nur einen Grund haben. Offensichtlich fehlte Christoph in seiner Sammlung noch ein Mädchen ländlicher Herkunft. Eine Bauernschönheit, etwas üppig aber nicht reizlos.

„Gastgeber, sind wir hier in der Wüste? Hat *das Dieter* nichts zu trinken?"

Das Dieter! Nichts hasste er mehr, als so genannt zu werden. Anfangs hatte er es ignoriert, in der Hoffnung, diese Formulierung würde durch etwas weniger Verletzendes ersetzt werden. In einer schwachen Minute hatte er Christoph sogar angefleht, ihn nicht so zu nennen. Doch der hatte *das Dieter* nur ausgelacht.

„Hallo! Mein Zäpfchen quietscht. Mein Knorpel knarrt! Kein Bier da? Wein? Sekt? Komm mach! Zieh den Finger aus dem Popo! Wir haben Durst!" Christoph liebte es, Befehle zu erteilen und seine Überlegenheit zu zeigen.

Oft genug hatte Dieter für ihn den Laufburschen spielen müssen. Lass dir jetzt nur nichts anmerken. Dieses eine Mal noch, sprach er sich erneut ins Gewissen.

Hastig verschwand er in der Küche. Aufgeregt zog er aus der Hosentasche ein kleines Gerät, drückte den Knopf und ließ es wieder verschwinden. Dann nahm er Gläser aus dem Schrank, goss Sekt aus einer angefangenen Flasche hinein und stellte sie auf ein Tablett. Er selbst füllte sein Glas mit Wasser. Aufmerksam lauschte er den Worten aus dem Nebenzimmer.

„*Das Dieter* duftet nach Süßmolke. Beate, das ist wohl eher was für dich!"

Die Angesprochene grunzte etwas Unartikuliertes.

Dieter wusste, ihre Herkunft machte Beate zu schaffen. Einzig, dass Christoph sie möglicherweise für begehrenswert hielt, ließ sie die Anfeindung ertragen.

„Könnt ihr das Gezicke abstellen. Wir sind hier, um Spaß zu haben."

Inzwischen hatte Dieter das Tablett mit den Sektgläsern auf den Tisch gestellt und sein Glas in die Hand genommen. Feierlich betrachtete er die Gäste.

„Ich freue mich sehr, dass ihr gekommen seid. Wirklich!"

Ohne ihn zu beachten, nahm Petra zwei der Gläser, reichte eines davon Christoph und setzte sich auf seinen Schoß. Sie stieß mit ihm an und dann tranken beide.

Beate griff nach dem dritten Glas und nahm einen kräftigen Schluck. Der Sekt war warm und schmeckte abgestanden. Sie ließ sich aber nichts anmerken.

Obwohl Dieter niemand beachtete, prostete er den Gästen zufrieden zu.

Petra küsste Christoph ausgiebig, spielte mit seiner Zunge und machte damit ganz deutlich: Der Kerl gehörte ihr und der Bauerntrampel sollte es begreifen. Mit einem Seufzen löste sie sich von ihm, rückte ihren Hintern zurecht und warf Beate einen mitleidigen Blick zu.

Christoph betrachtete angewidert den Sekt. „Mit dem Zeug kann man ja Ungeziefer bekämpfen. Hast du nichts Besseres anzubieten?"

Dieters Geste der Entschuldigung war nicht sehr überzeugend. Verlegen räusperte er sich und antwortete, ohne auf die Frage einzugehen: „War nett, euch kennengelernt zu haben!" Zufrieden stellte er sein Glas auf ein Sideboard.

Christoph schüttelte den Kopf. „Dieter, du bist mir echt ein Rätsel! Wir ärgern dich. Wir nehmen dich aus. Wir machen uns lustig über dein Aussehen und du schluckst alles. Du lädst uns sogar zu deiner Abschlussparty ein und bedankst dich. Verstehe ich nicht. So bescheuert kann doch niemand sein."

Noch schwieg Dieter. Er trat von einem auf den anderen Fuß.

Er ließ sich Zeit. Diesen Moment wollte er unbedingt auskosten. Etwas verlegen erwiderte er schließlich: „Ach ja, die Einladung! Es ist so, dass ich auch mal einen Spaß machen wollte."

Christoph schien verwirrt, denn er schaute Petra fragend an, die aber genauso ratlos aussah.

„Was denn für einen Spaß?", fragte er.

„Na ja, wie soll ich das erklären?", überlegte Dieter laut. „In einem der drei Gläser ist As_2O_3. Umgangssprachlich Mäusepulver genannt. Auch als Arsen bekannt."

Für diesen einen Augenblick hatte er durchgehalten. Er hatte sich wieder und wieder die Gesichter vorgestellt, aber ihre echte Angst übertraf seine Erwartungen bei weitem. Fassungslos starrten seine Gäste ihre Gläser an.

„Arsen? Scheiße! In welchem?", wollte Christoph wissen. „In welches scheiß Glas hast du das Gift getan?"

„Tut mir leid. Das weiß ich nicht mehr." Dieter zuckte ratlos mit den Schultern.

Petra begann sofort zu kauen, als würde sie einen wertvollen Wein verkosten. Beate untersuchte akribisch ihr Glas, konnte aber nichts Ungewöhnliches entdecken. Christoph roch an seinem, ohne etwas festzustellen. Dieter verschränkte indes die Arme vor dem Körper und lachte ein quirliges unbeherrschtes Lachen. Die anderen starrten ihn entsetzt an.

„Mir ist schlecht!", stammelte Petra.

Wieder entschlüpfte Dieter sein schrecklich glucksendes Lachen. Der ganze Körper bebte vor Freude. Er genoss ihre Fassungslosigkeit.

„Wir rufen einen Arzt", schrie Beate, sprang auf und begann mit der Suche nach ihrem Smartphone.

„Das wird nicht viel bringen!", bemerkte Dieter. „Die Gegend ist ein einziges Funkloch."

Und er hatte recht. Beates Handy und auch die beiden anderen zeigten keine Verbindung an. Verzweifelt lief sie durch die Wohnung, doch es gab nirgends Empfang.

Dieter betrachtete all dies amüsiert. „Und außerdem, das Gift legt sich wie ein Film an die Magenwand. Arsen wird sukzessive aufgenommen. Ungefähr zehn Minuten dauert es, bevor erste Symptome festzustellen sind. Schüttelfrost. Atemnot. Schwindelgefühle."

Petra steckte sich den Finger in den Hals und versuchte zu würgen.

Dieter amüsierte sich über ihr verkrampftes Gesicht. „Erbrechen bringt auch nichts. Das führt nur zur Erhöhung der Adrenalinabgabe, was letztendlich den Prozess unnötig beschleunigt."

Panisch blickten sie ihn an. Beate begann zu weinen. „Ich will nicht sterben. Ich bin doch noch Jungfrau."

Einen winzigen Augenblick hatte sie die Aufmerksamkeit aller. Ruhe lag wie ein dichter Nebel im Raum. Zufrieden schaute Dieter in die blassen Gesichter. Verzweiflung und Hoffnungslosigkeit hatten sie gelähmt. Den Anblick würde er niemals vergessen. Noch nie hatte er eine tiefere Befriedigung erlebt. Er genoss das Gefühl grenzenloser Macht. So fühlte es sich also an. Er hatte gewonnen. *Das Dieter* hatte seine Rache.

Nach einer Weile seufzte er laut. Er entnahm aus dem Schrank eine kleine Flasche mit einer gelblichen Flüssigkeit und betrachtete sie.

Petra starrte ihn hoffnungsvoll an. „Ist das ein Gegengift?"

Vorsichtig stellte er die Flasche in die Mitte des Tisches. „Tut mir echt leid, aber ich weiß wirklich nicht mehr, wer welches Glas bekommen hat. Manchmal bin ich unheimlich zerstreut. Ihr kennt *das Dieter* doch, oder?"

Alle drei versuchten gleichzeitig, nach dem Gegengift zu greifen. Während Petra Beate in den Unterleib schlug, verpasste Christoph Petra einen Stoß, so dass sie vom Sofa fiel.

Triumphierend hielt er die Flasche in der Hand. „Pech gehabt, Mädels!"

Aber er hatte nicht damit gerechnet, dass die Konkurrentinnen sich zusammentun würden. Bevor er das realisieren konnte, stürzten sie sich kreischend auf ihn. Christoph hämmerte die rechte Faust in Beates Magen. Petra verpasste ihm mehrere schallende Ohrfeigen. Das Bauernmädchen verkrallte sich wie eine Furie in seinen Haaren. Petra begann mit aller Kraft, Christoph zu würgen. Wild um sich rudernd, traf sein Ellenbogen Beate voll ins Gesicht. Unter der Wucht des Schlages platzte ihre Oberlippe auf. Der Schmerz ließ sie innehalten. Die verbliebenen Kämpfenden stürzten zu Boden.

Dieter schaute dem Treiben amüsiert zu.

Petras lange Fingernägel hinterließen tiefe Schrammen auf den Wangen ihres angeblichen Freundes. Beate hatte sich inzwischen wieder erholt und trat mit einer Kraft auf den am Boden Liegenden ein, dass selbst Dieter ein wenig Mitleid verspürte. Noch hielt Christoph die Flasche in seiner Hand. Aber als Petra ihr Knie in sein empfindlichstes Stück rammte, gab er sie aufstöhnend frei. Jauchzend umklammerte die Siegerin nun mit beiden Händen das Gegengift.

Doch in dem Moment schlug Beate das Tablett auf ihren Kopf, nutzte die kurzzeitige Verwirrung und umschloss den Hals mit einem kräftigen bäuerlichen Schwitzkasten. Gegen diesen Würgegriff war Petra machtlos. Stöhnend ließ sie die Flasche fallen, die langsam über den Teppich rollte.

Dieter hatte genug gesehen. Es war an der Zeit zu verschwinden. Für die drei empfand er nur noch Verachtung. Unbeachtet von allen nahm er seine Reisetasche und verließ die Verzweifelten, ohne sie eines weiteren Blickes zu würdigen.

Es war Stille eingekehrt. Petra, Beate und Christoph saßen auf dem Boden und belauerten einander misstrauisch. Der Kampf hatte sie erschöpft und Spuren hinterlassen. Jeder Versuch, die Flasche mit der Flüssigkeit für sich zu gewinnen, scheiterte an der Angst der anderen. So beobachteten sie sich nun gegenseitig in der Hoffnung, erste Anzeichen einer Vergiftung zu erkennen.

„Das glaubt uns kein Mensch!", stöhnte Christoph und strich vorsichtig über die Kratzer in seinem Gesicht.

„Soll das ein Witz sein?" Petra schüttelte den Kopf. Sie tastete die beachtliche Beule auf ihrem Kopf ab und fixierte Beate, die apathisch auf dem Boden saß und ins Leere starrte.

„Wusstet ihr, dass Hühner warme Beine haben?", murmelte diese mit gedrückter Stimme, erwartete aber offensichtlich keine Antwort.

Petra und Christoph schauten sich hoffnungsvoll an. Sollte der Bauerntrampel das Glas mit dem Gift erwischt haben? Ein wenig von der alten Vertrautheit kehrte zwischen ihnen zurück. Sie rückten näher aneinander und beobachteten, die vermeintlich Vergiftete. Jetzt war Geduld gefragt. Noch waren die Symptome nicht eindeutig.

„Mein Vater konnte die eigenen Hühner nicht schlachten", erzählte Beate mit starrem Blick. „Fremde Viecher machten ihm nichts aus. Wenn er aber eines von seinen töten musste, hat er sich immer verkleidet, aus Angst die Übriggebliebenen würden ihn sonst hassen. Hi, hi! Stellt euch das mal vor."

„Sie fantasiert schon. Mein Gott. Sie wird sterben. Wir müssen ihr helfen!", flüsterte Petra in einem Anfall von Mitgefühl. Beate starrte in ländlich imaginäre Ferne und schien nichts mitzubekommen. Entschlossen nahm Petra die Flasche und wollte sie der vermeintlich Vergifteten reichen. Christoph legte seine Hand auf ihren Arm und schüttelte warnend den Kopf.

„Was ist, wenn sie uns nur etwas vormacht?"

Petra schaute ihn verblüfft an. Dann stellte sie die Flasche zurück auf den Tisch. Ihnen blieb nur zu warten, bis einer der drei eindeutige Symptome zeigte.

Schließlich war es Christoph, der glaubte, eine Lösung gefunden zu haben. „Hört zu! Wir haben jeder nur einen Schluck getrunken. Wir könnten durch drei teilen. Ein Drittel Gegengift müsste doch ausreichen, oder?"

Petra schaute ihn prüfend an. Sein Argument schien logisch zu sein. Plötzlich begann ein Smartphone zu klingeln. Durch den Ton erwachte Beate aus ihrer Lethargie. Einer inneren Stimme gehorchend erhob sie sich. Inzwischen öffnete Petra behutsam die Flasche. Christoph beobachtete wachsam jede ihrer Bewegungen.

Beate nahm den Anruf an und lauschte. „Dieter? Du?"

„Jeder nur ein Drittel!"

Petra nickte und führte langsam die Flasche an ihren Mund. Vorsichtig trank sie einen Schluck. Angeekelt verzog sie das Gesicht und prüfte den Rest der verbliebenen Menge. Danach reichte sie das Mittel weiter.

Beate hörte zu. Ihr Gesicht erstarrte. „Was für ein Störsignal?", fragte sie ungläubig und beobachtete aufmerksam Christoph. Niedertracht huschte über sein Gesicht. Er betrachtete die restliche Flüssigkeit. Er schien unentschlossen zu sein. Ihre Blicke trafen sich. Er fächelte sich wie ein Laborant den Geruch zu. Angewidert verzog er das Gesicht und beäugte skeptisch den Rest. Schweiß lief über seine Stirn. Nervös fühlte er die Temperatur. Beate stand reglos neben dem Sideboard und lauschte Dieters Worten. Christoph beobachtete sie. Sie schaltete ihr Smartphone aus. Offensichtlich war das Gespräch beendet.

Langsam hob Christoph die Flasche hoch. „Tut mir leid, meine ländliche Schönheit! Das Risiko ist mir zu groß. Ich trinke auf dein Wohl", bemerkte er zynisch und trank den Rest der gelben Flüssigkeit in einem Zug.

Petra sackte entsetzt zusammen. „Du Schwein!"

Beate strich ihre Sachen glatt. „Mach dir um mich keine Gedanken! Mir geht es gut."

Langsam öffnete sie zu Wohnungstür.

Christoph schaute ihr erstaunt hinterher. „Was wollte der Trottel eigentlich?"

Beate drehte sich um. Sie betrachtete ihn mit unverhohlener Abscheu. „Ach ja! Ich soll euch schön grüßen. Das mit dem Gift war nur ein Scherz. Und noch etwas! Falls der Laborbote sich meldet, sagt ihm, *das Dieter* schickt ihnen eine neue Urinprobe."

Sie wusste, was sie tat

Wo viel Gefühl ist, ist auch viel Leid.
LEONARDO DA VINCI

Dass ihm Derartiges widerfuhr. Seine Frau und sein bester Freund. Nach zehn Jahren Ehe. Zwei Kinder, ein prachtvolles Haus, finanziell ein sorgloses Leben. Für all das hatte er hart gearbeitet.

Die Beweise lagen auf dem Tisch. Eindeutige Fotos. Daneben der geladene Revolver. Er schaute auf die Wanduhr. Jeden Moment erwartete er sie.

Verzeihen? Niemals!

Er wusste alles über seine untreue Frau, nur nicht, dass sie mit der Axt hinter ihm stand.

Charlys Gericht

Ein Mensch ist immer das Opfer seiner Wahrheiten.

ALBERT CAMUS

Ich bin nicht in der Lage, einen Menschen zu töten. Diesen Part hat schon immer Charly übernommen. Er beendet Leben. Er sieht sich gerne als eine Art Erlöser, weniger im christlichen, als im pragmatischen Sinne. Ich könnte das nicht. Für ihn ist das ein sachlicher Vorgang. Meine Fähigkeit besteht darin, die Hoffnung jenem Punkt zu nähern, an dem nur noch die Sehnsucht nach dem Tod steht. Ich bin ein Geburtshelfer der Wahrheit. Für mich ist das ein ausgesprochen befriedigender Prozess.

Ob sich das, was wir tun, mit den üblichen psychologischen Mutmaßungen erklären lässt, die regelmäßig mit der Einschätzung enden, ein Lustgewinn wäre die Triebkraft derartigen Verhaltens, vermag weder Charly noch ich zu beantworten. Wir sind uns sicher, es ist eher ein angeborener Reflex, wie atmen oder saugen.

Unsere Arbeitsteilung ist perfekt. Ohne ihn könnte ich nicht sein und er ohne mich auch nicht. So gesehen ergänzen wir uns vorzüglich. Ich kümmere mich um die Läuterung der betreffenden Person, Charly befreit sie.

Geheimnisse sind Verunreinigungen der Seele. Bevor ich jemanden Charly überlasse, ist es an mir, eine Art Gewissensentrümpelung vorzunehmen. Im Auftrag Dritter bringe ich Geheimnisse ans Licht. Ist alles nach Wahrheit und Lüge sortiert, befreit Charly die Seele von ihrem Körper. Ein perfekt abgestimmtes Miteinander. Bisher hat unsere Zusammenarbeit problemlos funktioniert. Aber das ist jetzt vorbei. Wir beide wissen das.

Dennoch werde ich heute für Charly und mich kochen. Es ist mir durchaus bewusst, dass es das letzte Mal sein wird.

Wie erwartet, hat er sich sein Lieblingsgericht gewünscht: Hirschbraten Artista! Er liebt Wildgerichte. Mehr als den delikaten Geschmack des zarten rotbraunen Fleisches mag er die Art, wie ich es zubereite. Er selbst ist in solchen Dingen unbeholfen. Aus einer Hirschkeule, frischen Champignons und saftigen Feigen mittels Cognac sowie ausgewählten Gewürzen ein Festmahl zu gestalten, überfordert ihn. Warum Charly Wildgerichte mag, kann ich nur ahnen. Wahrscheinlich bevorzugt er das Fleisch freilebender Tiere, weil nur diese jenen unverfälschten Geschmack der Freiheit entwickeln. Allerdings bin ich inzwischen zu der Überzeugung gelangt, dass die Art, wie ich ein Festmahl zubereite, der eigentliche Grund seiner Vorliebe ist.

Charly schaut mir gern beim Kochen zu, verfolgt interessiert jedes Detail, wie ich die Hirschkeule kurz abspüle, abtropfen lasse und sie in eine Schüssel lege. Er erfreut sich daran, wenn ich mit dem Messer Suppengrün putze, es geschickt in kleine Würfel schneide und das Fleisch mit Pfeffer, Rosmarin und Thymian würze. Auch den Duft eines kräftigen Rotweins genießt er, in dem der Braten vierundzwanzig Stunden eingelegt wird. Wein braucht Luft und frisches Fleisch Geduld, um sein volles Aroma zu entfalten. Genüsslich verfolgt er jede meiner Handbewegungen, wenn ich das Hirschfleisch aus der Marinade herausnehme, mit einem Küchentuch trocken tupfe, um es endlich in den Backofen zu schieben. Er mag die zelebrierte Ernsthaftigkeit, mit der ich das tue.

Charly und ich besitzen einen tadellosen Ruf in der Branche. Wenn es darum geht, einen Menschen nicht nur simpel zu töten, sondern an sein Ableben auch die Erwartung geknüpft ist, Informationen zu erhalten, so gibt es keine besseren als uns.

So war es bisher. Seit dem letzten Auftrag ist aber dieses filigrane Geflecht zwischen uns irreparabel gestört. Die Schuld daran trage ich. Mein Fehler war so grundsätzlich, dass er mich und Charly infrage stellt. Dabei handelte es sich bei dem Engagement um eine simple Aufgabe.

Die Person, um die wir uns kümmern sollten, war männlich, vierzig Jahre alt und gehörte zu jenem Menschenschlag, denen Arroganz angeboren ist. Aus Erfahrung weiß ich, dass selbst nach dem

Tode in ihrem Gesicht ein Rest blasierte Physiognomie erhalten bleibt.

Unser Auftraggeber, ein selbsternannter russischer Oligarch, störte, dass der Betreffende heimlich Geschäfte mit Rauschmitteln in seinem Revier tätigte. In der hierarchisch aufgestellten Halbwelt ein Tabu. Der Markt war aufgeteilt und unterlag strengen Regeln. Niemandem war es erlaubt, eigene Wege zu gehen, schon gar nicht, ohne vorher die Erlaubnis eingeholt zu haben. Dem Delinquenten mangelte es offensichtlich gehörig an Respekt. Der Gefahr des Nachahmens galt es daher konsequent entgegenzutreten.

Mehr erfuhren Charly und ich nicht. Mussten wir auch nicht, denn wir waren keine Richter, die jedes Detail zu bewerten und ein Urteil zu fällen hatten. Den Dealer nur zu töten, empfand der Oligarch als eine zu einfache Lösung. Er verlangte von uns, sozusagen ein fantasievolles Menü.

Ausnahmslos sind alle Aufträge mit der Erwartung gekoppelt, Informationen zu erhalten, die üblicherweise nicht freiwillig preisgegeben werden. Für unsere Mandanten ist es verständlicherweise nützlich, etwas herauszufinden, das ihnen in irgendeiner Art und Weise Vorteile verschafft. Ob es darum geht, Insiderwissen herauszuarbeiten, oder ob es wichtig ist, ein Geheimnis zu lüften, ist für uns ohne Belang. Allerdings ist es unsere Überzeugung, ein Jegliches bedarf eines Grundes. Erst das Ziel macht die Arbeit sinnvoll. Etwas zu tun, nur um es zu tun, ist für uns unannehmbar. Aber diesmal war das Charly offensichtlich egal. Mein Fehler war, das nicht erkannt zu haben.

Aus purer Lust oder anderen nichtigen Gründen meine Fähigkeiten einzubringen, lehne ich grundsätzlich ab. Charly respektiert normalerweise diese Haltung, ist er doch in dem, was er tut, genauso streng.

Ich verstehe mich als kreatives Wesen und mag Herausforderungen. Mechanisches, stupides Arbeiten ist mir zuwider. Jedes Individuum verdient, als solches auch wahrgenommen zu werden. Diesem Grundsatz schulde ich Anerkennung und passe meine Methoden der jeweiligen Situation an. Das Prinzip ist zwar schlicht, eine Frage erfordert eine Antwort, aber der Weg zur Einsicht ist variabel und bedarf Können und Feingefühl. Aus dem Konglomerat aus Wahrheit und Lüge schält sich schließlich jene Quintessenz heraus, nach der verlangt wurde. Das war bisher mein Part, Wahrheitsfinder sozusagen. Mein Talent vergleiche ich gerne mit dem Kochen. Nehmen wir zum Beispiel dieses Gericht, auf das sich Charly so freut. Hirschbraten Artista! Das Rezept stammte von einem Koch, dessen Name mir entfallen ist und der einem Mafioso einen Fisch serviert hatte, der alles andere als frisch war. Nachdem es dem neapolitanischen Magen wieder besserging, musste der Koch Verantwortung übernehmen. Es galt die Frage zu klären, ob Leichtfertigkeit oder gar Böswilligkeit der Grund für das misslungene Essen gewesen war. Meine Befragung ergab, dass es schlicht mangelnder Aufmerksamkeit zuzuschreiben war und somit der Frischezustand des Fisches einer Fehleinschätzung unterlegen hatte. Ein Ergebnis, mit dem sich der Mafiaboss zufriedengab. Dennoch gab Charly dem Koch die Gelegenheit, sich mit Betonschuhen auf dem Meeresboden hinsichtlich Frischfisch detailliert zu informieren.

Wahrheit zu finden, ist, genau betrachtet, wie ein delikates Gericht zu zaubern. Es bedarf der richtigen Zutaten. Die Ingredienzien so zu arrangieren, dass eine kulinarische Metamorphose beginnt, ist zweifelsfrei eine edle Kunst. Ähnlich verhält es sich bei Menschen. Ich liebe meine Arbeit und achte darauf, sozusagen auch nur die besten Zutaten zu verwenden. Eine gute Auswahl garantiert, dass auch der Zäheste mürbe wird. Ob ich erfolgreich bin, sehe ich an den Augen. Sie verraten, wie nah ich dem Ziel bin. Bedauerlicherweise verfügen die meisten Opfer nur über stumpfe Sinne und vermögen Edles von Durchschnittlichem nicht zu unterscheiden. Ich bin sicher, ihnen fehlt die Fähigkeit zu erkennen, wie sehr ich mich um sie bemühe. Derart schlichte, dumpfe Naturen werden nie verstehen, wie aus etwas so Simplem, wie feingeschnittenen Zwiebeln, fettem Speck und frischen Pilzen, die in Butter gedünstet werden, Besonderes entstehen kann. So wie ein

Tier, dessen simple Daseinsform erst durch die Hand eines Meisterkochs zu Höherem geadelt wird, sollte doch auch meine Kunst die Einsicht der eigenen stumpfen Belanglosigkeit ermöglichen. Vielleicht ist das zuviel erwartet? Bedauerlicherweise werde ich das nicht mehr herausfinden.

Das Problem bei unserem letzten Auftrag bestand darin, dass der heimlich agierende Dealer keine Fragen beantworten musste und es kein Geheimnis gab, das es herauszufinden galt. Nach der Meinung des Oligarchen gab es nichts, was den Sachverhalt hätte in einem neuen Licht erscheinen lassen. Sein Weiterleben war unerwünscht. Mehr nicht! Nur das Ende sollte qualvoll sein. Ein Job, den jeder Empathielose hätte übernehmen können. Das war unter meiner und auch Charlys Würde.

Für so etwas gebe ich mich nicht her. Dümmliche Rachegelüste sind mir zutiefst zuwider. Es ist so, als verlange man von einem Sternekoch, Discounterlinsen mit überlagertem Bauchspeck zu kochen. Ich halte das für eine Missachtung meiner Fähigkeiten. Ich war überzeugt, auch Charly würde das so sehen. Aber für ihn wäre es kein Problem gewesen. Ganz im Gegenteil, er wollte es unbedingt. Ich musste alle Kraft aufbringen, ihn zurückzuhalten. Ohne über die Konsequenzen nachzudenken, entschied ich für uns beide, den Auftrag abzulehnen. Noch im gleichen Augenblick waren Charly und ich uns über die Folgen im Klaren.

Tage später erledigte jemand anderes den Wunsch des Oligarchen, dilettantisch, wie wir beide fanden. Ein liebloses amateurhaftes Aneinanderreihen brutaler Vorgänge. Abschließend mehrere Schüsse, auch die stümperhaft gesetzt. Für den Oligarchen mag es ausreichend gewesen sein. Für uns war es schlicht inakzeptabel. Dieses eine Mal waren wir noch gleicher Meinung und dennoch wussten wir, dass es nie wieder so sein würde.

Charly beobachtet mich. Wie immer überlässt er es mir, in einem Schmortopf das Hirschfleisch rundherum kräftig anzubraten. Ein erwartungsfrohes Lächeln legt sich regelmäßig auf sein Gesicht, wenn ich den Cognac in einer Kelle erwärme, anzünde, über das Fleisch gieße und ausbrennen lasse. Anschließend gebe ich

Rotweinmarinade dazu, um im passenden Moment die Champignons und Schalotten hinzuzufügen. Dann dreißig Minuten schmoren lassen.

Das Gericht ist, wie Charly es sich gewünscht hat, meisterhaft gelungen. Ein perfekter Abschluss. Dennoch spüre ich Wehmut. Ich werde nie wieder kochen. Weder für Charly noch für mich. Wir beide wissen das.

Nach dem Essen ist es nun soweit. Höflich reicht mir Charly den Revolver. Ich entsichere die Waffe und halte sie mit zittriger Hand an den Kopf. Fast liebevoll korrigiert er die Position und verschiebt den Lauf in die Mitte der Stirn. So mag ich ihn. Perfektion bis zum Schluss. Beide müssen wir lächeln. Jeder für sich beherrscht sein Handwerk meisterhaft.

Niemand wird je erfahren, wer von uns beiden schließlich den einen Schuss abgegeben hat. Das ist aber auch unwichtig, denn im Tod sind Charly und ich endlich wieder vereint.

Anglerglück

Was uns als eine schwere Prüfung erscheint,
erweist sich oft als Segen.

OSCAR WILDE

Ein komischer Kauz sei er schon immer, meinen die aus dem Ort. Aber seit dem Verschwinden seiner Frau habe er nicht mehr geredet.

Bei jedem Wetter sitzt er stoisch an der gleichen Stelle am See, starrt auf das Wasser, auf das Auf und Ab der Angelpose. Seine Frau hatte nie Verständnis für die Angelleidenschaft. Irgendwann war es ihr wahrscheinlich zu viel.

Niemand aus dem Ort wagt es, den Schweiger zu stören oder gar seinen Platz auf dem Angelsteg zu beanspruchen. Obwohl die fettesten Fische genau hier an den Haken gehen.

So ist es jedenfalls, seit seine Frau verschwunden ist.

Apfelbaum

Wenn ich wüsste, dass morgen die Welt unterginge,
würde ich heute noch ein Apfelbäumchen pflanzen!
MARTIN LUTHER

Adam mochte keine Äpfel. Es war eine tiefe und innige Abneigung, die ihn mit diesem Obst verband. Das lag daran, dass ihn seine Mutter täglich mit einem Apfel gequält hatte. Erziehung zur Gesundheit nannte sie das und achtete penibel darauf, dass er die paradiesische Frucht bis auf die Kerne und den Stiel aufaß. Wichtige Ballaststoffe wären in den Kerngehäusen, gesunde Bestandteile, die dem Körper guttaten und die Verdauung positiv beeinflussten. Selbstredend mussten es Bioäpfel sein und bevorzugt aus der Region. Äpfel waren nach ihrer Überzeugung das beste Mittel, um ein hohes Alter zu erreichen.

Adam schämte sich für die oberlehrerhaften Belehrungen seiner Mutter, wenn Freunde zu Besuch kamen und einen typischen Apfelgriebs auf dem Teller hinterließen. Ausführlich referierte sie dann über die gesundheitsfördernden Inhaltsstoffe. Schlimmer noch waren Situationen, in denen jemand den Verzehr eines Apfels verweigerte. Es konnte passieren, dass der Besuch mit einem Stakkato von zu erwartenden Krankheiten derart eingeschüchtert wurde, dass dieser schließlich doch das fruchtige Allheilmittel aß.

Ein Schulkamerad, den Adam gern als Freund gesehen hätte, war nach dem resoluten Auftreten seiner Mutter so geschockt, dass er, ohne zu zögern, den aufgeschnittenen Boskoop verspeiste, obwohl er die allergische Reaktion seines Körpers auf Äpfel kannte. Es passierte, was passieren musste, der Junge bedurfte der ärztlichen Behandlung. Die Worte der aufgebrachten Mutter und ihre Todesprophezeiungen für den geschundenen Sohn im Wiederholungsfall ließen Adams Mutter kalt. Stattdessen verbot sie ihrem Sohn, künftig mit dem Sensibelchen Zeit zu verbringen.

Dennoch war Adam von den deutlichen Worten der aufgebrachten Frau beeindruckt und er bedauerte insgeheim, nicht selbst über eine lebensbedrohliche Allergie zu verfügen. Dabei war nicht der Wunsch zu leiden, sondern der Gedanke, die eigene Mutter verzweifelt zu sehen, für ihn erstrebenswert.

Dummerweise verfügte Adam aber über einen ausgesprochen rustikalen Gesundheitszustand und selbst wenn in seiner Klasse ein grippaler Infekt grassierte, bekam er nicht einmal einen Schnupfen. Für seine Mutter der endgültige Beweis, dass ihre Erziehung alternativlos war.

Als sein Vater noch gelebt hatte, hatte sich seine Mutter beherrscht. Sein Vater aß nur einen Apfel, wenn er Lust dazu hatte und wenn überhaupt, niemals mit Schale und schon gar nicht das Kerngehäuse. Ihre ständige Belehrung, wonach die sonnengereifte Außenhaut über die meisten Vitamine verfüge, ignorierte er stoisch mit einem Schulterzucken. Meist schob er den Teller mit der spindelförmig geschnittenen Schale über den Tisch und sagte: „Schatz, nur zu! Wenn's hilft, lass es dir schmecken."

Auch der ständig vorgetragenen Bitte, dem Sohn ein gutes Beispiel zu sein, kam er auf seine ganz eigene Art nach. Er verpasste ihm nach seiner Überzeugung ausgesprochen Substantielles. Wurst, Fleisch und jene kalorienlastigen Getränke, vor denen Gesundheitsapostel dringend warnen. Cola, Limonade, Eistee. Alle einte ein rekordverdächtiger Zuckergehalt.

Adam liebte dieses Zeug, zum einen, weil es seine Mutter verboten hatte, und zum anderen, weil es ihm schmeckte.

„Einschränken kannst du dich, wenn du tot bist", war das Credo seines Vaters. „Leichenhemden gibt's in allen Größen."

Das Seinige schien allerdings etwas zu groß geraten, aber Adam war sich sicher, es wäre ihm egal gewesen. Sein Vater starb kurz nach seinem vierzehnten Geburtstag an einem Herzinfarkt. Die Trauer der Mutter ließ sich als übersichtlich beschreiben und statt den Sohn zu trösten, hielt sie es für angebracht, ihn zu warnen: „Wenn du weiter so ungesund lebst wie dein Vater, wirst auch du nicht viel älter!"

Zehn Jahre später heiratete Adam und lebte mit seiner Frau Eva glücklich auf einem Gehöft in der Nähe eines Dorfes, in dem sie aufgewachsen war. Bei jedem Besuch brachte Adams Mutter einen neuen Apfelbaum mit, pflanzte ihn auf der Obstwiese hinter dem Wohnhaus und verkündete, ihre Enkel sollten gesund mit köstlichen Früchten aus eigener Produktion aufwachsen. Jedes Mal befüllte sie die Obstschale in der Küche mit den Äpfeln, wobei sie ihren Unmut über die geringe Abnahme des Bestandes gebetsmühlenartig wiederholte.

Adam war nicht der Mann, der derartigen Bevormundungen einen Riegel vorschob. Er war schon froh, dass seine Mutter nicht gemeinsam mit ihnen auf dem Bauernhof lebte. Dank Eva, die freundlich aber mit Nachdruck regelmäßig alle Bemühungen der Schwiegermutter, an diesem Zustand etwas zu ändern, ins Leere laufen ließ, würde ihm das hoffentlich auch in Zukunft erspart bleiben.

Als Eva schwanger wurde und die Reihen der Apfelbäume bedrohliche Ausmaße annahmen, lud sie Adams Mutter zu einem Besuch der örtlichen Mosterei anlässlich ihres einhundertfünfundzwanzigjährigen Bestehens ein. Ein Ereignis, auf das sich das ganze Dorf freute. An diesem Tag konnte man Most zum halben Preis produzieren lassen.

Eva kannte sich gut aus in der Fabrik, hatte sie sich doch als junges Mädchen früher etwas Geld in den Ferien dazuverdient.

Adams Mutter freute sich riesig über die Einladung und darüber, dass ihre Schwiegertochter ihre Bemühungen, gesund zu leben, offensichtlich genauso sah. Apfelsaft war anscheinend nicht nur für sie die schönste Verbindung von Natur und Geschmack. Abgesehen davon gehörte selbstgemischte Apfelschorle, zu ihren täglichen Getränken.

Eva nahm sich Zeit für den Rundgang. Auch wenn es laut war in der Fabrik, erklärte sie ausdauernd die einzelnen Maschinen und Prozesse der Produktion. Sie wusste zu berichten, dass durchschnittlich jeder Mensch pro Jahr acht Liter Apfelsaft trinke und neun Liter Apfelschorle. Unglaubliche sieben Kilo Apfelkuchen würden pro Kopf verspeist werden, hauptsächlich ihm Herbst. Es gäbe allein in Deutschland mehr als eintausendfünfhundert Apfelsorten, weltweit gut zwanzigtausend. Man benötige ungefähr fünfundfünfzig Jahre, um jeden Tag einen anderen zu kosten. Adams Mutter war begeistert. Neugierig beäugte sie verschiedene Rüttelmaschinen, die für die Obsternte eingesetzt wurden. Sie lauschte andächtig, wie die Anlieferung der Äpfel stattfand. Alles war interessant für sie. Die Waschanlage genauso, wie die Bänder, an denen flinke Hände Blätter und andere Fremdkörper aussortierten. Selbst die riesigen Tanks, in denen der göttliche Saft gelagert wurde, begeisterte sie. Der Höhepunkt der Besichtigung war der beeindruckende Zerhäcksler, der Unmengen von Äpfeln aufbrach.

Aus unerklärlichen Gründen war an diesem Tag die Absperrung für den Zuführtrichter der Anlage nicht ordnungsgemäß verschlossen. Gestolpert sei die alte Dame, hatte Eva der Polizei traurig aber glaubhaft versichert. Ein schrecklicher Unfall, vermerkten die Beamten im Protokoll.

Als Eva wieder alleine war, nahm sie sich einen Apfel aus der Schale in der Küche und betrachtete ihn. Er sah köstlich aus. Ihre Schwiegermutter hatte ihn noch poliert. Adam würde über den Verlust hinwegkommen. Etwas Zeit würde er brauchen.
Glücklich streichelte Eva die kleine Bauchwölbung und schaute aus dem Fenster. „Du wirst in einem Paradies leben!", flüsterte sie lächelnd und legte den Apfel zurück in die Schale.

Letzte Blicke

Eleganz ist das Gleichgewicht von Proportion,
Emotion und Überraschung.

VALENTINO GARAVANI

Ihr Kleid hatte einen anthrazitfarbenen, stumpfen Ton und sah atemberaubend aus. Der Brillantring an ihrer Hand blitzte, als das Kerzenlicht sich darin spiegelte. Die Stilettos, deren metallische Absätze energisch auf den Marmorboden schlugen, rundeten ihren Auftritt ab.

Ihr Mann starrte sie entsetzt an. Die Fremde an seiner Seite erkannte jedoch sofort, dass alles passend auf den Farbton des Revolvers abgestimmt war.

Nur Zeit für ein Kompliment blieb ihr nicht mehr.

Ebenfalls erschienen:

Marien Loha: „Baking Bad"

Ein Abenteuer irgendwo zwischen Gangsterroman, Komödie und Tarantino-Drehbuch.

PRINT ISBN: 978-3-95996-061-8

EPUB ISBN: 978-3-95996-062-5

Konditor Eddy stolpert durch einen unglücklichen Zufall in die Fänge einer kriminellen Organisation. Dort trifft er auf den berüchtigten Kyrios – einen schwergewichtigen Gangsterboss, der von Eddys Torten nicht genug bekommen kann. Gemeinsam mit Lin, einer ehemaligen Prostituierten mit Putzfimmel und einem geschwätzigen Koch mit einem Axolotl als Haustier, muss Eddy für die Organisation nun Kuchen backen. Gefährlichen Kuchen. Und als wäre das der Absurditäten nicht genug, ist ihnen auch noch ein Polizist auf den Fersen, der glaubt, ein Untoter zu sein.

Marien Loha kredenzt uns hier eine bitterböse, blutige Verbrechersyndikatsgeschichtenparodie, in der ein Dalmatinerpony in Turnschuhen das einzige Wesen zu sein scheint, das keine psychischen Probleme hat.

Besuchen Sie unseren Onlineshop unter www.periplaneta.com

Inhalt